国家出版基金项目
NATIONAL PUBLICATION FOUNDATION

宋代文學

呂思勉◎著

山西出版傳媒集團
山西人民出版社

圖書在版編目(CIP)數據

宋代文學 / 呂思勉著. -太原: 山西人民出版社, 2014.11
(近代名家散佚學術著作叢刊 / 許嘉璐主編)
ISBN 978-7-203-08691-8

Ⅰ. ①宋… Ⅱ. ①呂… Ⅲ. ①中國文學-古代文學史-宋代 Ⅳ. ①I209.44

中國版本圖書館CIP數據核字(2014)第205943號

宋代文學

主　　編　許嘉璐
著　　者　呂思勉
責任編輯　梁晉華

出 版 者　山西出版傳媒集團·山西人民出版社
地　　址　太原市建設南路21號
郵　　編　030012
發行營銷　0351-4922220　4955996　4956039
　　　　　0351-4922127(傳真)　4956038(郵購)
E-mail　sxskcb@163.com　發行部
　　　　　sxskcb@126.com　總編室
網　　址　www.sxskcb.com

經 銷 者　山西出版傳媒集團·山西人民出版社
承 印 廠　山西出版傳媒集團·山西人民印刷有限責任公司

開　　本　700mm×970mm　1/16
印　　張　9.75
字　　數　90千字
印　　數　1—3000冊
版　　次　2014年11月　第1版
印　　次　2014年11月　第1次印刷
書　　號　ISBN 978-7-203-08691-8
定　　價　22.00圓

《近代名家散佚學術著作叢刊》編委會

出版説明

近代名家散佚學術著作叢刊選取一九四九年以後未再刊行之近代名家學術著作共一百二十册，編例如次：

一、本叢書遴選之著作在相關學術領域具有一定的代表性，在學術研究方向、方法上獨具特色。

二、爲避免重新排印時出錯，本叢書原本原貌影印出版。影印之底本皆經專家組審定，原書字體大小，排版格式均未做大的改變，原書之序言、附注皆予保留。

三、本叢書分爲八大類，以作者生卒年編次。

四、爲使叢書體例一致，本叢書前言後記均采用繁體字排版。

五、個别頁碼較少的版本，爲方便裝幀和閲讀，進行了合訂。

六、少數學術著作原書内容有個别破損之處，編者以不改變版本内容爲前提，部分進行修補，難以修復之處保留缺損原狀。

七、原版書中個别錯訛之處，皆照原樣影印，未做修改。

八、所選版本之抽印本頁碼標注，起始至所終頁碼均照原樣影印，未重新編排標注新頁碼。

由於叢書規模較大，不足之處，殷切期待方家指正。

總序／

披沙瀝金，以爲鏡鑒

◇許嘉璐

多年來有一個問題始終在我腦中盤桓：爲什麽在十九世紀末到二十世紀初，在短短的幾十年裏，中國的各個學術領域竟涌現了那麽多大師級的人物？這是中國近代史上一個極爲重要的現象，我認爲，如果不能給出令人滿意的答案，我們撰寫的近代學術史將是不完整的，甚至是缺乏靈魂的。後來我知道，著名人類學家克羅伯曾提出過一個問題：爲什麽天才成群地來？看來這種現象的出現並非中國所獨有，思考其所以然的也大有人在。而在那一次世紀之交中國的情況，似乎應驗了「天才成群地來」這個令克氏久久不解的疑問。錢學森先生曾從相反的方向提出了相同的疑問：爲什麽我們這個時代出現不了杰出人才？後來人們稱這個問題爲「錢學森之謎」。

要回答這些疑問不是件容易的事。與其迅速地囫圇地探尋，不如先多了解那些讓中國近代學術（應該包括人文科學和自然科學）史上閃耀着光輝的大師們的作品和自述，從而在腦海里盡量「復原」他們所處的環境和在那種環境下的心理路徑，從中或許可以得到一些啓示。

有一點是顯然的，這就是他們雖然都已遠離塵世而去，但是他們獨立思考的品性、求知治學的真誠、困厄窮愁中對節操的堅守，恐怕是他們共同的主觀因素，一直影響到現在，而且將會永遠留存下去。

就思想界、學術界而言，二十世紀上半葉是一個新説和舊説碰撞，中學和西學融匯的大時代。那時的學人極爲重視言行操守，同時具備現代知識分子的理想信念；他們的學術研究十分純凈，絶少功利因素；他們的視界開闊，以包容的心態和嚴謹的風格造就了成果的大氣與厚重。至於在客觀因素一面，他們實際是在用工業化時代的事實解説着太史公所説的名山之作「大抵聖賢發憤之所爲作」，困厄苦難使得他們「皆意有所鬱結」。這種鬱結，幾乎和個人的名利毫無牽涉，他們永遠不能釋懷的，是民族的存亡、國運的興衰、民衆的福禍和文脈的續斷。

那個時代也是近代歷史上最大規模的中西古今學術調適、創新的時期，學術方法上的交互滲透和融合、創新亦可謂「於斯爲盛」。斯時之學人是要在封閉的屋墻上鑿出窗子的勇士，是使人能够看看外部世界的第一批導夫先路者；或者可以説，他們是在「意有所鬱結」時「彷徨」和「吶喊」的「狂人」。

相對於那時的哲人們，後來者是幸運兒。現在的形勢是，近三十年來學界空前繁榮，衆多學科有了長足之進，其中很重要的一點是學界有了更新穎、更廣闊的國際視野，似乎接續上了百年前的學壇盛事。但細想想，「古」與「今」還是有差别的。其异，主要不在於世界情勢、學術進展、工具改善這些客觀存在，而在於在廣泛吸收各國優長的同時，自身文化的主體性越來越受到重視，换言之，「拿來主義」已經延長了「拿來」的程序，加上了試用、甄别、篩選、吸收、融合、成長。就我孤陋所見，在當今地球上，面向所有異質文明，努力汲取我之所缺，其範圍之大和心態之切，似乎無出中國之右者。從這個角度説，我們已經超越了前輩。但是事情還有另外一面，學術，特别是人文學科，其職業化、「沙龍化」和功利性，以及隨之而來的浮躁病却嚴重了。從這個角度説，是不是我們已經後退得够可以的了？而這是不是我們這個時代出不了大師的原因之一呢？

民國學術界的特點之一是極爲注重對傳統的反省、批判與繼承。他們對傳統文化盡最大的努力進行整理和研究。一方面，由於戰亂頻仍，民不聊生，學者們擔起了讓中華文化薪火相傳的歷史責任；另一方面，他們要通過對中國傳統文化的整理、挖掘來重振民族自信心。這一時期對傳統文化進行整理的全面而深入是前所未有的，舉凡文字學、語言學、經濟學、法學、哲學、政治制度、書法繪畫、金石學……規模之宏大，研究之精微，令人嘆爲觀止。

民國學術推動了現代學科體系的建立。在對傳統文化整理和研究的基礎上，吸收西方的文化思想和理念，推動和建立了中國現代學科體系。例如，在對語言文字和音韻學成果進行整理、研究的基礎上開始着手規範之，建立了國語學；深入研究書法、國畫，將其融入了現代美術學科；在廢除舊有學制後逐步建立起小、中、大學較完整的科目和學科體系。

民國學術也改變了傳統學術方式，建立了新的研究範式。以現代科學考古爲發端，科研的實踐和成果使中國知識界真正認識到在實驗、比較基礎上的邏輯分析對學術研究的重要，推進了中國學術的一大演變。至於我們常説的打破士大夫傳統、走出書齋到田野鄉村和市民中進行調查研究、結束了經學時代、以歷史眼光檢視儒學和諸子等等，都是確立新學術範式的努力。這一轉變，也標誌着中國學術界脱胎换骨，全面進入了現代，爲此後的學術發展奠定了堅實的基礎。當然，西方啓蒙運動以來，在「現代性」和「現代化」裏潛伏着的缺陷和謬誤也傳到了中國，這些不能不在前哲的著作裏留下痕迹。這並不奇怪。類似的情況，古往今來孰能免之？猶如今天的我們，誰敢自稱我之所見就是永恒的真理？在這個問題上兩個時代所異者，或許就在昔時大家創立新説或譯註西學著作，往往是懷着對學術和前哲的敬畏而爲之，故而常常誤不在我；當今則往往出於對學問和他人的輕蔑，或以所研究的對象爲謀己的工具，因而難辭主觀之咎吧。翻閲他們的心血之作，這些復雜的狀況可以顯見，可以視之爲我們的一面鏡子。

滄海桑田，世事變幻，歷史的動盪和時代的遮蔽，使當年許多大師的一些極有價值的學術著作被棄於故紙堆中，不能不令人有遺珠之憾。爲此，山西人民出版社不惜以數年之艱辛，披沙瀝金，編輯出版這套近代名家散佚學術著作叢刊，凡一百二十册，計文學、史學、政治與法律、美學與文藝理論、民族風俗、宗教與哲學、經濟、語言文獻共八大類別。所選皆爲作者之純學術著作，無論是其見解、精神，抑或是其時代烙印，都是後輩學人可資借鑒的寶貴財富。他們出版這套叢書，意在讓世人不忘來程，知篳路藍縷之不易，爲民族文化的傳承再增薪木。

出版社的初衷，與我近年來所思所慮近似，故願略述淺見於書端，以與策劃者、編輯者和讀者共勉。

二〇一四年七月六日
改定於自安東回京途中

前言／

猛回頭，那支支紅燭

——二十三種民國文學研究著作概覽

◇梁歸智

「視爾夢夢，天胡此醉？於時處處，人亦有言！」

此聯乃北京宣南（宣武門外舊城區）北半截胡同四十一號中「莽蒼蒼齋」楹聯。齋主何人乎？即戊戌變法失敗而捐軀之「六君子」中翹楚譚嗣同字復生號壯飛者也。慈禧太后發動政變，逮捕維新黨人，友人勸譚嗣同逃避，他堅辭曰：「外國變法未有不流血者，中國變法流血請自嗣同始。」乃於一八九八年九月二十四日被捕，繼而遇害於菜市口。臨刑前仍大呼曰：「有心殺賊，無力回天；死得其所，快哉！快哉！」

自此而後，果然爲變法——改變社會制度而流血不止，一九一一年十月十日辛亥革命成功，中國歷史上最後一個封建王朝被推翻，一九一二年一月一日中華民國成立。然餘波未息，新瀾迭起，袁世凱竊國，張勛復辟，北洋軍閥混戰，國民黨軍北伐，中國共産黨成立，國共爭鋒，時而合作，時而破裂，日本入侵，八年抗戰，勝利後繼以三年内戰，終於以一九四九年十月一日建立中華人民共和國而告一大段落。

從一九一二年一月一日到一九四九年十月一日，凡三十八年，此即「民國」時段也。

三十八年過去，彈指一揮間。戰焰紛飛，生靈涂炭，歷史真是「相斫書」！而文明的燭火，點點簇簇，飄曳閃爍於如磐夜氣之中，雖遭暴風，遇疾雨，而終不熄不滅。其中最具象徵性的事件，乃一八九七年二月二十一日在上海成立之商務印書館，於一九三二年一月二十九日遭日本侵略軍針對性轟炸，占全國出版量百分之五十二的出版巨頭損失一千六百三十萬元，百分之八十以上資產被毁，其所屬東方圖書館同時被炸，四十五萬册圖書化作劫灰，其中有無數古籍善本、孤本！日軍侵滬司令鹽澤幸一狂吠：「炸毁閘北幾條街，一年半就可恢復，只有把商務印書館、東方圖書館這個中國最重要的文化機關焚毁了，牠則永遠不能恢復。」而劫難後的商務印書館，懸掛出「爲國難而犧牲，爲文化而奮鬥！」的巨幅標語，經半年即宣告復業，實現了「日出一書」的奇迹。

由於歷史演變的吊詭，民國時期的出版物，在一九四九年以後的中國大陸，大多數遭遇了被遺忘的命運，沉埋於少數圖書館的塵封角落。斗轉星移，時來運轉，二十一世紀進入了第二個十年，山西人民出版社推出這套叢書，遴選民國出版的若干學術精品，分學科編纂，蔚爲盛事大觀。此分卷是對中國文學（主要是古典文學）的研究，共二十三種。下面對這二十三種書籍作一個概覽性的介紹。

先看這些書的作者。生年不明者毋論外，出生最早的當屬韓柳文研究法的撰者林紓，他誕生於一八五二年（清文宗咸豐二年），卒於一九二四年（民國十三年——一九一二年爲中華民國元年）。出生最晚的是陶淵明批評的作者蕭望卿，誕生於一九一七年（民國六年）。這二十位作者中，一些是後來成爲大家的著名人物，林紓之外，有大學者徐珂、章太炎、陳寅恪、吕思勉、陸侃如、周貽白、趙景深，著名作家蕭乾等。此外的作者，則屬於有一定學術建樹或僅留下少量著述的文化人。

從作品看，這二十三種著作有某一種文學或某個人作品的分論，如詩經之女性的研究、曹子建詩的研究，也有某一長時段的文學史或文藝理論性質的概説，如清代詞學概論、中國戲劇小史。其中陸侃如三種，趙景深兩種；而陳寅恪和蕭望卿的兩種著作研究對象相同而又篇幅短小，合爲一册；陸侃如有兩種合爲一册。故，這裏一共有二十位作者的二十三種著述，却是二十一册文本。

分册介紹述評，是按照著作内容所關涉之中國文學史發展綫索的先後爲序？還是以研究者的情况或者書册的寫作出版先後爲序？却是一個頗讓人躊躇的問題。因爲近四十年的民國，正是中國社會從傳統向近現代激烈轉型的時段，不僅作者的思想認識，書册的觀點立場，而且連書寫的語言文風，都存在鮮明的古今遞嬗演變的痕迹。經考量，决定采取折衷的立場，即基本上按照文學史發展的脉絡綫索，先概説性著作，後專題性研究，同時顧及其他因素，將徐珂、林紓、章太炎的三種以文言文表述的著述放在最後予以推介月旦，也算是對横跨清王朝與民國兩代之文化先驅者的致敬。

中國文學小史，作者趙景深，生於一九〇二年，卒於一九八五年，主要以元雜劇、宋元南戲和古典小説的輯佚考證而名世，代表性著作爲曲論初探、宋元戲曲本事、宋元南戲考略、中國小説叢考等。這本中國文學小史是他二十多歲時的作品，上海的大光書局出版，後再版重印，達二十次之多。他於一九三六年寫「十九版序」，這樣説道：「十年前，我跟隨着新文學浪漫運動的巨潮向前推動，當時我充滿了熱情和詩趣，喜歡説一點帶有情感的話，喜歡像做詩一樣的寫文章。……也許讀者們這樣的愛讀這本小書，使牠達到十九版，清華大學入學考試且曾指定此書爲唯一的參考書，大約都是爲了牠使人讀起來不至於十分頭痛吧？」

以西方的學科意識而撰述「中國文學史」，二十世紀以始，共有數百本。第一本中國文學史爲何人所寫？或曰英國人，或曰日本人，或曰俄國人。中國人自己最早撰寫的中國文學史，一般認爲乃林傳甲一九〇四年撰中國文學史，黄人（黄摩西）亦於同年撰同名之書。林著是在當年之京師大學堂即後來之北京大學撰成，黄著是在當年之東吴大學即後來之蘇州大學撰成，歷史演變的軌迹斑斑俱在。趙景深的這本「小史」，名副其實，牠篇幅很小，如作者自表，「我只是寫一本中國文學的常識；或者，我是在説一個故事」。其特色不在學術含量的全備高深，而在簡略概約，蜻蜓點水，却時見談言微中；同時文風清麗活潑，很適於普及。

中國文學小史凡三十五節，第一節「緒論」，第二節「詩經」，第三節「屈原宋玉」，第三十四節「清代的詩文」，第三十五節「最近的中國文學」。從詩經、楚辭始，司馬相如和司馬遷，曹氏父子，陶淵明與謝靈運，唐詩，宋詞，元曲，明清的小說，傳奇和詩文，面面俱到，而最後一節，更有聞一多、汪靜之等的詩歌，郁達夫、魯迅等的小說，田漢、丁西林等的戲劇，周作人、朱自清等的散文等。

比起今日的文學史經典著作，此書自然不可能在材料的全備準確和學理的系統精深方面爭勝，但其特色也頗堪注目，即那時還沒有後來的一些教條框架，因而一些說法能讓人眼前一亮，細想也頗堪玩味。如論到李白和杜甫的同異，這樣對比：

李白：南方化、仙品、出世、浪漫、受道家影響、才、情、樂自然；

杜甫：北方化、聖品、入世、寫實、本儒教見地、學、性、泣時事。

與後來的經典化定位大同小異，而更加言簡意賅，同時還有一些生動的表述，如這樣談論李白：「我們也曾想像到一個眸子炯然，腰束玉帶，身穿宮錦袍，在采石磯邊狂歌於船頭的詩人麽？這便是天才豪放的李白。」後面對李杜的「優劣」也一語到位：「李白是樂天的，杜甫是悲觀的。」「他們兩人作風如此不同，當然我們不能分出優劣來。」比起一九四九年以後幾部文學史的某些教條化論述，以及郭沫若的李白與杜甫之立場偏頗，民國時期學人的思想自由客觀公允躍然紙上。

詩經之女性的研究，謝晉青著。此書曾作爲商務印書館「國學小叢書」、「萬有文庫」而數次出版重印。謝氏生於一八九三年，卒於一九二三年，乃日本留學生、南社社員，另有譯著西洋倫理學史（原作者日本人三浦藤作）。詩經之女性的研究共十節，其實就是對十五國風裏的女性題材特別是愛情婚戀詩歌的思想與藝術分析評價。其「緒論」說：「我這次是想在詩經中，發掘古代婦女問題的，並不是做考據底工作，在意義方面，我們總以詩底本義爲歸宿，那些不可靠的誤解，我們一概不取。在藝術方面，我們總以普遍而真摯的平民主義爲歸宿，那些不自然的附會穿鑿，我們也一概排斥。」「結論」則總結說：「詩經底十五國風，原來存詩一百六十篇，其中經我認爲有關婦女問題的，共計八十五篇。這八十五（篇）詩，若再依性質來區別，那就是：最多的爲戀愛問題詩，其次即爲描寫女性美和女性生活之詩，再其次就是婚姻問題和失戀問題底作品了。爲什麼戀愛問題底作品，占最大的數目呢？這就因爲兩性問題，是在人類生活上，占最重要的地位底證據。」

此書的許多具體分析賞鑒相當細緻，頗能體現民國以來西方推崇女性張揚人性思潮對古典文學研究的影響，一九四九年以後中國文學史中的相關評述，傾向立場，實承其緒。

有關楚辭的著作，共選有兩種：陸侃如屈原與宋玉、何天行楚辭作於漢代考。

陸侃如，生於一九〇三年，卒於一九七八年，是二十世紀五六十年代中國著名古典文學專家，他與夫人馮沅君合著之中國詩史是開創性的著作。此外撰有樂府古辭考、陸侃如古典文學論文集、中國文學史簡編、中國古典文學簡史，及與高亨合著楚辭選，與牟世金合著文心雕龍選譯、劉勰論創作、劉勰與文心雕龍等。屈原與宋玉是在他的處女作屈原、宋玉基礎上整合而成，却也算得上這一研究領域初具規模的「集大成」之作。書共六節：一、引論；二、屈原的生平；三、屈原的作品；四、宋玉的生平；五、宋玉的作品；六、餘論。最後列「參考書目」，自王逸楚辭章句、洪興祖楚辭補注、朱熹楚辭集注以下凡四十種。可以說，後來關於楚辭研究的許多重要問題都已經有所體現或涉及，算得上是此領域近現代研究的一冊早期代表性著作。

楚辭作於漢代考的作者何天行生於一九一三年，卒於一九八六年，對浙江遠古文化——良渚文化的發掘考證有重要貢獻，出版有杭縣良渚鎮之石器與黑陶，是著名的考古學著作。楚辭作於漢代考受當時顧頡剛疑古學派的影響，論證楚辭各篇皆作於漢代，離騷的作者是淮南王劉安。這種觀點是楚辭研究中的一家之言，後來朱東潤也持相近觀點。楚辭作於漢代考的寫作曾受到蔡元培的鼓勵，完成於抗日戰争發生前夕，作爲一種歷史痕迹，於楚辭學的演變具有參考價值。

漢代詞賦之發達，商務印書館一九三五年出版，其作者金秬香，生平待考，他另有駢文概論一書，爲商務「萬有文庫」第一集中叢書，則金氏乃當時知名文化人無疑。漢代詞賦之發達共十章，對漢賦作了比較全面的考察研究，其第一章「辭字之解釋」辨析「辭」與「詞」字義語源的來龍去脈，認爲「楚辭漢賦」中「辭」應作「詞」，故全書行文，皆稱「詞賦」。其後各章，對「賦字之定義」、「詞賦之源流」、「詞賦之作用」、「詞賦之分析」、「漢代詞賦之所由盛」、「漢代詞賦之所由衰」、「漢代詞賦發達之原因」、「漢代詞賦之種類」、「漢代詞賦之變遷」分別討論，漢代重要詞賦作家作品多已涉及，全書行文爲淺近文言。由於詞句多古僻，深入研討漢賦者歷來不多，此書可視爲漢賦研究的早期圭臬。

陸侃如樂府古辭考，完成於一九二五年，商務印書館一九三〇年出版，堪稱是對漢樂府研究的開山之作。共八章，依次爲：一、引言；二、郊廟歌；三、燕郊歌；四、舞曲；五、鼓吹曲；六、横吹曲；七、相和歌；八、清商曲。序例有云：「樂府是中國文學史上很重要的材料。但是研究起來，較詩經楚辭爲難，因爲没有適當的參考書。……近來研究詩經楚辭的人很多，但很少有人研究樂府的。這本小册子的問世，便是希望能引起讀者對於樂府的興趣，大家來作湛深的研究，使樂府的真價值不致永久的湮没。」雖是「小册子」，而能於漢樂府爬梳史料，清理源流，辨析考鑒，確有開闢之功，後來的研究者，實受其惠。

此册還另有陸侃如的一篇論文左思練都考，北京大學出版部一九四八年出版，乃對西晉詩人左思撰寫三都賦構思十年的傳統説法提出异議，認爲「事實上三都賦的構思恐怕超過二十年」，引證古籍，分析辯駁，是一篇專門的考證文章。

原廣州師範學院院長陳一百，生於一九〇九年，卒於一九九三年，是一位教育家。其所著曹子建詩研究於一九四〇年由上海三通書局出版，一九七一年香港大地出版社再版。書分上下篇，上篇包括曹植傳略、曹子建集的傳本考略、曹植詩歌的情感、後世諸家對曹植的評論；下篇兩部分，分别是曹植詩選讀和曹植樂府選讀，文末附有清代學者丁晏的魏陳思王年譜。此書也算對曹植其人其詩的一種早期研究的痕迹，可供後來者借鑒參考。

陶淵明之思想與清談之關係、陶淵明批評二書篇幅不大，故合爲一册。前者爲陳寅恪的一篇論文，燕京大學哈佛燕京社一九四五年出版；後者爲蕭望卿著，開明書店一九四七年出版。陳寅恪生於一八九〇年，卒於一九六九年，是名震遐邇的文史大師，毋庸多介。蕭望卿生於一九一七年，卒於二〇〇六年，曾先後於西南聯大和清華大學深造，並與聞一多、朱自清、沈從文等大家交往密切，一九四九年後任教於河北師範學院中文系，述而不作，僅有此陶淵明批評傳世。

陶淵明之思想與清談之關係不愧名家名作，條理清明，言簡義豐，實爲後世研陶之先驅。文章首先追溯從漢末、魏到晉的「清談」之風，「然則當時諸人名教與自然主張之互異即是自身政治立場之不同，乃實際問題，非止玄想而已」。「略述淵明之前魏晉以來清談發展演變之歷程既竟，兹方論淵明之思想，蓋必如是，乃可認識其特殊之見解，與思想史上之地位也。」再討論陶淵明與佛教徒慧遠等頗有交往，而其思想不染佛風，乃因爲「蓋其平生保持陶氏世傳之天師道信仰，雖服膺儒術，而不歸命釋迦也」。同時，陶淵明「自以曾祖晉世宰輔，恥復屈身異代」，他的「自然」思想，「與當日實際政治有關，不僅是抽象玄理無疑也」。

最後論定陶淵明作爲思想家的崇高地位：「淵明之思想爲承襲魏晉清談演變之結果及依據其家世信仰道教之自然説而創改之新自然説。……不似舊自然説之養此有形之生命，或別學神仙，惟求融合精神於運化之中，即與大自然爲一體。……故淵明之爲人實外儒而内道，捨釋迦而宗天師者也。推其造詣所極，殆與千年後之道教採取禪宗學説以改進其教義者，頗有近似之處。然則就其舊義革新，『孤明先發』而論，實爲吾國中古時代之大思想家，豈僅文學品節居古今之第一流，爲世所共知者而已哉！」

陶淵明批評共三章：陶淵明歷史的影像、陶淵明四言詩歌論、陶淵明五言詩的藝術。這本書是文學史角度的陶淵明專論，與陳寅恪的思想論合而觀之，可謂陶淵明的「全影」，一九四九年後陶淵明研究的輪廓理路，其實皆在其籠罩之下。

此書前有朱自清的序，言短義豐，對陶淵明批評的價值貢獻，可謂已經説盡。陶淵明「詩最少，可是各家議論最紛紜。考證方面且不提，只説批評一面，歷代的意見也够歧異够有趣的。本書『歷史的影像』一章頗能扼要的指出這種演變。在這紛紜的議論之下，要自出心裁獨創一見是很難的。但這是一個重新估定價值的時代，對於一切傳統，我們要重新加以分析和綜合，用這時代的語言，重新表現出來。本書批評陶詩，用的正是現代的語言，一鱗一爪的，雖然不是全豹，表現着陶詩給予現代的我們的影像。這就與從前人不同了。」「本書二三章專論陶詩的作風和藝術，不厭其詳。從前人論陶詩，以爲『質直』『平淡』，就不從這方面鑽研進去。但『質直』『平淡』，也有個所以然，不該含胡了事。本書詳人所略，便是這方面的努力。」「陶淵明的創獲是在五言詩。本書說『到他手裏，才是更廣泛的將日常生活詩化』，又說他『用比較接近說話的語言』，是很得要領的。」「歷來評論者推崇他的五言詩，因而也推崇他的四言詩，那是有所蔽的偏見。本書論四言詩一章，大膽的打破了這個偏見，分別詳盡的評價各篇的詩。」

陶淵明之思想與清談之關係用文言行文，簡潔清雅；陶淵明批評則是生動活潑的白話文，没有一九四九年後的八股教條氣味。今天的人閱讀起來，也感到很親切的。

唐代文學史，陳子展著。陳氏生於一八九八年，卒於一九九〇年，一九三三年起一直任教於復旦大學，以詩經直解、楚辭直解名世。唐代文學史於一九四四年由作家書屋（姚蓬子在上海開的書店）出版，一九四七年重印，共八章，分別是：一、說到唐代文學；二、初唐詩人；三、盛唐詩人；四、中唐詩人；五、晚唐詩人；六、古文運動；七、唐人小說；八、晚唐五代詞人。對整個唐代文學，作了梳理概述，篇幅不長，内容全面，可以視爲後來中國文學史唐代文學部分的早期代表作。其中的說法，今天看來自然不新鮮，放在當年的時代背景下，則頗可稱道。如論李白與杜甫的優劣：

> 可見一個肯自命爲狂者，一個不諱言爲腐儒。一個抱超世主義，源於道家思想；一個抱淑世主義，源於儒家思想。一個幻想超昇仙境，一個不忍離開君國。總之，他們的作品都是他們自己生命純真的表白。
>
> 大抵李杜於詩的手法上，一個側重自然，一個側重雕飾。風格上一個豪放飄逸，一個沈（即「沉」）鬱頓挫。各有各的價值，各有各的生命。

商務印書館「國學小叢書」有顧彭年杜甫詩裏的非戰思想，一九二八年出版，一九三三年重印，據作者序言，書完稿於一九二五年。商務印書館「萬有文庫」中又有顧氏現代歐美市制大綱一書，一九三〇年出版。此外知道他從事過新體詩的翻譯與創作，其餘生卒年和生平等則概不清楚。杜甫詩裏的非戰思想共五章加一個附録：一、緒言；二、杜甫傳；三、杜甫的時代；四、杜甫以前及他同時代的反對戰争的思想與作品；五、杜甫詩的非戰思想；附録：杜甫時代重要之戰争與叛亂年表。

杜甫爲「詩聖」，杜詩乃「詩史」，歷來研究繁夥。此書以「非戰思想」爲中心主題，表現出明顯的時代印記。如作者自序中所云：「迨江浙戰争發生後，作者對於戰争的惡魔的面龐益認識清楚，這位大詩人的非戰作品，也就愈加湧現在我的腦際了，但因戰争的驚擾，屢次遷徙，心如蝴蝶，如浮萍，飄蕩無定，不克專心於此，直到逼近年節，始把牠修改好，字數已比初稿增加了一倍以上。」今日之杜甫研究成果已經汗牛充棟，而此册小書，仍於讀者開卷有益，在於戰争之兇惡痛苦，人類仍未能完全消弭避免。而此書感同身受的寫法，就不僅是一本研究著作的影響了。其緒言末段的感慨最能傳達不以時代變遷而更改的情愫：「我們所處的時代與杜甫的時代有不少的地方相類似；環境的艱險比他的有過之無不及；我們的兄弟，所流的血泪，所受的凌辱與壓迫與騷擾，比他的時代的人更甚；但當今能代表時代的作品有幾？能真切的表現自己所處的環境的佳制有幾？具有完整，聖潔，毅勇，偉大的人格而爲民衆呼吁的詩人安在？」

唐人詩中所見當時婦女生活，作家書屋一九四七年出版。作者劉開榮，一九三五年考入金陵女子文理學院中文系，一九四一年畢業，一九四三年完成此書。劉開榮後來又去燕京大學歷史系深造，在陳寅恪指導下完成唐代小説研究，一九四七年商務印書館出版，一九五〇年再版，一九五三年三版，臺灣亦曾三次重版。

唐人詩中所見當時婦女生活書前除作者自序外，尚有華西大學華西週刊主編陳國樺序、陳中凡序及華西大學英文系外教費爾樸序。陳國樺序末署「（民國）三十二年二月十二日序於華西大學」；陳中凡序末署「民國三十二年一月二十五日」、「成都華西壩廣益學舍」，費爾樸序末署「一九四三年春」、「於四川成都」，而劉開榮自序末署「（民國）三十二年一月二十二日於華西壩」，是則其時劉開榮與陳中凡俱任教於華西大學。書之正文共九章：一、引論；二、勞動婦女（上）；三、勞動婦女（下）；四、民間一般婦女的日常生活；五、民間一般婦女的精神生活；六、妓女生活；七、宮庭婦女及貴族婦女生活；八、女冠子生活；九、結論。

陳國樺序有云：「處在中國抗建（即抗戰與建設——引者）的現階段，如欲建設新中國，必須動員二萬萬多女同胞的力量，共同參與偉大的建設工作。著者劉開榮君寫成此書，實無异提出婦女解放的問題，請大家重新加以嚴肅的考慮，因爲唐代的婦女生活，又何異於現代的婦女生活呢？」

陳中凡序則說：「我以爲此文可以作爲唐代婦女史看。因爲我國古代史家專紀帝王名臣的史績，至今中國史書有帝王家譜之譏。社會上廣大群衆反被擯於史書領域以外，真是憾事。今讀此文，方知道史家所忽略的東西，詩人乃一唱三歎，反復申詠。只要後人加以探討，就可以把當日被壓迫的一般婦女實際情形，畢露無遺。」

費爾樸序（英文，劉開榮譯成漢語）贊美：「本書作者劉開榮女士，本人會詩，也善爲富有詩意的散文，可以説是給近代的文學寶庫添上了一幅生動的圖畫——一幅女人的美麗的夢景。『唐代的光榮』不但包括有金漆的畫棟和迴廊，光彩奪目的瓷器，以及吴道子的山水名畫，并且有琳琅滿目的辭林文苑，裏面活躍地呈現着宮庭裏莊嚴的婦女，也舞動着詩人們生花的筆尖。」

劉開榮的自序中則如是説：「本書的目的，不是要研究某一人某一事，而是要像一個攝影專家，把唐人詩中所反映的當時婦女生活的斷片，一一剪下來，拚在一起，使人一看便可得到一個個鳥瞰。所以凡能對當時的婦女生活，給一綫光明或一絲暗示的詩料，作者都不肯割捨。尤其關於佔有人精神生活一大部份的兩性間的言情談愛的記載，作者更要把它赤裸裸地呈現在讀者的面前，讓讀者進到他們的精神世界裏面去，不再襲用以往的成見，把君臣的關係拉扯上去，加以牽强附會的解釋了。」

可見這册書，無論作者與評者，都更注重其對「新婦女觀」的弘揚，而於唐代文學研究的價值反而在其次。劉開榮身爲女性，於有關女性的詩作更容易心有戚戚焉。這自然也受當日西學日漸張揚女權等社會情境、時代風氣和思潮的影響。今日的讀者，則更注重其學術層面的價值。如陳汝潔説：「有人説劉開榮的這本書實踐了陳寅恪先生的『以詩證史』的思想，我仔細讀了之後，覺得劉著與陳寅恪先生的元白詩箋證稿相比，還是差别較大的。陳著箋釋元白詩，往往證之以史籍，能使人明了詩中所寫何者爲史實何者爲虚構。在陳來説，『以詩證史』又何嘗不是『以史證詩』。而通過『以史證詩』所揭示出的元白詩中的今典，對讀者理解元白詩具有重要作用。以注釋來説，能注出今典比注明古典難度要大。寅恪先生在元白詩箋證稿中揭示了大量今典，因難能而可貴。而劉著在全書中很少涉及當時的史籍，所以讀後讓人覺得是她從全唐詩中分類披檢關乎婦女詩作，費了不少工夫而欠了一點功力，無法望陳著項背。但劉著是一部有趣的書，她把唐詩中關於婦女的詩作檢索、排比出來，讓人知道唐詩中的這一類。倘若她能夠進一步讓讀者知道詩中所寫的這些婦女生活，哪些合於唐代史實哪些是詩人虚構，那該多好！不過，從書名來看，她大約認定唐代詩歌中所寫即是當時社會中所有，真的嗎？我認爲這需要證明。」

清代婦女文學史，一九二七年二月中華書局初版，一九三二年十二月再版，共十七萬五千字。作者梁乙真，河北獲鹿人，生於一九〇〇年，一九二五年後就讀於上海南方大學，卒年及生平不詳。除清代婦女文學史外，尚著有中國文學史話、中國民族文學史、中國婦女文學史和元明散曲小史。

清代婦女文學史共列舉了漢、滿閨閣名媛、娼門、女冠、難女、乞丐女性作者三百餘人。內容目録爲：第一編明清兩朝婦女之極盛時期；第二編清代婦女文學之極盛時期（上）；第三編清代婦女文學之極盛時期（下）；第四編清代婦女文學之衰落時期；第五編清代婦女文學雜述。

書前有王藴章序、王燦芝序和自序，書末附録清代婦女著作家表及人名索引。此書受謝無量中國婦女文學史啓發和影響，但後來居上。王藴章和王燦芝都給予較高評價。當代女性文學研究者也頗加青目，評論其重視女性張揚女權的思想意義高於文學史意義。所謂二十世紀三部女性文學史梁乙真居其二。

宋代文學，吕思勉著。吕氏生於一八八四年，卒於一九五七年，是著名歷史學家，其中國通史、秦漢史、讀史札記等都是史學名著。這册宋代文學一九二九年由商務印書館出版，共六章，分別是：一、概説；二、宋代之古文；三、宋代之駢文；四、宋代之詩；五、宋代之詞曲；六、宋代之小説。

此書行文用淺近文言，梳理宋代各體文學的代表作家、演變發展脈絡相當全面，可視爲宋代文學史的早期代表作。其觀點議論，具有二十世紀早期的清明樸實，非如後來受各種所謂「範式」拘限者。如論三蘇之文：蘇洵「筆力堅勁，自以老泉爲最。然老泉好縱横家言，恒以權譎自喜，而其言實不可用。故其議論，多有不中理者」。蘇軾「則見解較老泉爲高。雖亦不脱縱横之習，然絶去作用處，時或近於道家。非如老泉一味以權術自矜也。尤妙在能以明顯之筆達之。晚年文字，則心手相忘，獨立千載」。蘇轍「氣象不如其父兄之雄奇；才思横溢，亦非乃兄之敵。然議論在三家中最爲平正，文亦較有夷然澹蕩之致，則亦非父兄所能也」。宋代文學專設駢文一章，也是後來的文學史一般所忽略的。

中國詞史大綱，胡雲翼著。胡氏生於一九〇六年，卒於一九六五年，曾於中學、大學任教，後爲上海中華書局、商務印書館編輯，於唐宋詩詞研究深湛，有宋詞研究、宋詩研究、宋詞選、唐詩研究等著作行世，影響頗大。中國詞史大綱，北新書局（創立於北京，後遷上海）一九三五年出版。此書分兩編，第一編爲「唐五代詞」，共九章，第二編爲「北宋詞」，共十四章，共録詞人凡五十七家。

此書爲近代意義上對詞這一形式溯波追源之較早學術著作，也可以説是研究宋詞的早期經典。其論詞與詩之區别云：「長短句的歌詞在文人的社會裏確立以後，牠的發展漸漸地把不甚協樂的律絶詩壓倒了。我們看樂曲裏面的長命女、烏夜啼、漁夫詞、長相思、江南春、步虚詞、鳳歸雲、離别難、金縷曲、水調歌、白苧等調，最初都是用五七言絶句歌詞，後來都改用長短句的歌詞了。中唐詩人還有寫律絶詩給樂工伶妓們去唱，到晚唐竟失掉歌詩之法，只有長短句的歌詞了。這不顯明的是：長短句的歌詞藉着在音樂上的便利，把整整的歌詩打倒了嗎？」詞的興盛在音樂這一歷史的核心問題，如此明白曉暢地揭示了出來。

詞的歷史分期，此後的文學史，都以中國詞史大綱的説法爲準，如北宋詞的演變：「歷史的發展，則可分爲四個時期：第一個時期是小詞的時期，以晏殊、歐陽修、晏幾道諸人爲主幹；第二個時期是慢詞的時期，以柳永、秦觀諸人爲主幹；第三個時期是詩人的詞的時期，以蘇軾、黄庭堅諸人爲主幹；第四個時期是樂府詞復興的時期，以周邦彦、李清照諸人爲主幹。」與後來的文學史相較，中國詞史大綱没有「婉約派」「局限於個人趣味」「豪放派」「關注國家社會」「積極入世」一類意識形態評論語言，更顯學術性的單純。

趙景深著宋元戲文本事，北新書局一九三四年出版，但其完成於一九二三年六月。這是對宋元南戲研究的筆路藍縷之作，其開闢之功永耀史册。作者在自序中説：「這一本小書的目的是想把已佚的宋元戲文輯録出來，作爲研讀中國文學的一個參考；爲了恐怕專載佚文太枯燥，斷簡殘篇湊在一起也令人有丈二金剛之感，於是也附一點本事，把殘文貫串起來，使得讀者看這一本書不像是摹（即『摩』）挲古董，而像是在讀幾篇很有趣味的短篇小說。」

書共九章，輯自南九宮譜、新編南九宮詞、雍熙樂府、九宮大成南北詞宮譜，内容包括：一、王煥和王魁；二、陳巡檢梅嶺失妻；三、四種戀愛戲文；四、王祥卧冰；五、黄周兩孝子；六、江流和尚；七、僅存三五曲的元代戲文；八、僅存兩曲的元代戲文；九、僅存一曲的元代戲文。

中國戲劇小史，周貽白著。周氏生於一九〇〇年，卒於一九七七年，是著名中國戲曲史家和中國戲曲理論家，還曾經創作並演出話劇作品三十部上下。他首先提出並詳細論證中國戲曲的三大聲腔源流——崑曲、弋陽腔和梆子腔，厥功甚偉。他於一九三六年出版中國戲劇史略和中國劇場史（商務印書館），中國戲劇小史乃在前二書基礎上再加補充修訂，於一九四六年由上海的永祥印書館印出。後來又出版中國戲劇史（一九五三）、中國戲劇史講座（一九五八）、中國戲劇史長編（一九六〇），以及遺著中國戲劇發展史綱要（一九七九），都是以中國戲劇小史爲基礎的。

中國戲劇小史共八章：一、中國戲劇的形成；二、唐宋的戲劇；三、南戲與北劇；四、明代戲劇的概況；五、崑曲與亂彈；六、皮黄劇的勃興；七、文明戲與話劇；八、中國戲劇前途的展望。今大的讀者，要了解中國戲劇發展的歷史，當然有後來居上者的書可讀，但前驅者的貢獻也是不容抹殺的。中國戲劇小史的意義就在這裏。

中國小説的起源及其演變，正中書局（陳果夫一九三一年創立於南京）一九三四年出版，作者胡懷琛。胡氏生於一八八六年，卒於一九三八年，一九三二年被聘爲上海市通志館編纂。他搜集整理一批上海地方史志珍貴資料，卓有貢獻。其藏書以詩文集和課本爲特色，如三字經、百家姓、千字文、千家詩等，收集齊全，劉鶚稱其爲「三百千千」。收集外文書籍和少數民族作者的漢文詩集一千餘種，可惜其藏書在抗戰時多半被日寇炸毁。一九四〇年，其子胡道静將殘餘之書捐獻給了震旦大學。

中國小説的起源及其演變共六章：一、本書説到的範圍；二、小説的起源及小説二字在中國文學上的涵義之變遷；三、中國小説「形」的方面的演變；四、中國小説「質」的方面的演變；五、現代小説；六、研究中國小説參考的書目。第一章開宗明義：「本書所講的，只有兩件事情如下：（一）是中國小説的起源，與小説二字涵義的變遷。（二）是中國小説的演變，並現代小説的標準。」

研究小説者歷來推崇魯迅的中國小説史略和胡適的中國章回小説考證，那自然是開山的典範之作。其後錢静芳小説叢考、蔣瑞藻小説考證等也都功力深湛，卓然有成。本書算得上是一册史論相結合的小説研究著作，在中國小説研究的歷史進程中，雖然不如上述幾種著作那麽經典，却也有其歷史的價值和意義，從「可讀性」來説，則更占優勢。如此書説到中國小説的歷史變化，通俗易懂而能切中肯綮：「由古代的傳説在口上，演變成寫在紙上，這是一變。宋代的説話勃興，這是第二變。宋人的話本，由説給人家聽的，變爲直接給人家看的，這是第三變。紅樓夢、儒林外史等，只是寫的，不是説的，這是第四變。然而『説』和『寫』，仍是同時候存在的，决不是變成後者，前者就消滅了。只不過互有盛衰而已。」

此外説到的一些情况，也頗能讓我們對於歷史的演變，有一種親切的感知。如：「在民國前一二年，有周作人譯的域外小説集，是用文言譯西洋的短篇小説。不過是大失敗了。這失敗並非域外小説集自身不高明，只是和那時候的讀者程度相差太遠。第一不歡喜讀這種無頭無尾的短篇小説，第二不歡喜讀平淡無奇的故事，第三不歡喜這種比較生硬而樸質的文言。結果，這部書當時幾乎没有人知道。」

書評研究，商務印書館一九三五年出版。作者蕭乾生於一九一〇年，卒於一九九九年，是著名翻譯家、作家、富有傳奇色彩的二戰記者，畢業於燕京大學新聞系，後去英國劍橋大學任教並讀碩士學位，一九四三年領取了隨軍記者證，正式成爲大公報的駐外記者，也是二戰時期歐洲戰場的唯一中國記者，一九九五年中國作家協會授予其「抗戰勝利者作家紀念碑」榮譽。三百二十萬字的蕭乾文集包括小説、散文、特寫、回憶録等，譯作莎士比亞戲劇故事集、好兵帥克以及與夫人文潔若合譯的尤利西斯等更是影響巨大久遠。

隨着近現代出版業的發展，書評也逐漸增多，但對這種新型的文學批評樣式作正式的研究，書評研究可以説是拓荒之作。書共八章：一、序論；二、書評家；三、閱讀的藝術；四、批評的基準；五、批評的藝術；六、書評的寫作；七、書評與讀書界；八、附録。此書的核心思想是，書評是有益於社會的嚴肅工作，書評家是具有特殊身份的知識者，代表讀者的鑒定者，文化生産的監督人，而不是庸俗、獻媚的商業廣告商。如：「一切批評都必須基於清澄的理解。批評的公允實即理解深澈的反映。」「書評家寧可改業廣告，永不可用批評的地位作兜售的營生。」「對讀者他服務，却也不侍奉如奴隸。他把讀者看成智力的平等者。他並不武斷地强迫讀者接受他的意見，也不賣弄學問如一塾師。讀者的好惡是受風氣支配的，但他不追隨那風氣，他不固執，却有信仰。」無疑，即使在今天，書評研究仍然有牠的現實針對性和意義。

清代詞學概論，上海大東書局一九二六年出版。其作者徐珂生於一八六九年，卒於一九二八年，爲光緒舉人，袁世凱天津小站練兵時的幕僚，一九〇一年任上海外交報、東方雜誌編輯，後爲商務印書館編輯，其所編纂的清稗類鈔是享譽學林的文史巨著。

清代詞學概論共七章：一、總論；二、派别；三、選本；四、評語；五、詞譜；六、詞韵；七、詞話。作者雖入民國，而其傳統文化教養的底色，濃郁深厚，迴非後來人可比。故此書行文，爲優美洗練的文言，而其對清詞演變脈絡的勾勒，代表性詞人的品評，乃至資料的選録等，都有「個中人」的真知灼見，可謂言簡意賅，高屋建瓴，非後來研究者搬弄西洋「範式」敷衍成文者可及。無疑，此書可列入「學術經典」的行列，不像本選集大多數作品具「過渡轉型」之身份色彩也。

如清代詞學概論評騭「清初之詞」的代表作家，「最著者」爲朱彝尊、陳維崧，「兩人並世齊名」，而前者「情深，所作詞高秀超詣，綿密精美，其蔽爲餖飣」；後者「筆重，所作詞天才艷發，辭鋒横溢，其蔽爲粗率」；「繼之而起名重一時者，實惟納蘭容若。門第才華，直越北宋之晏小山而上之，其詞纏綿婉約，能極其致，南唐墜緒，絶而復續」。再如説清詞之派别：「有清一代之詞，有二大别：一浙派，一常州派，亦猶散體文之有桐城陽湖二派也。」這些基本的定位，都成了後來各種文學史、清詞史祖述的圭臬。再如書中説到「才人之詞」、「學人之詞」、「詞人之詞」的三分法，也直搗黄龍，揭示本質，對後世影響深遠。

韓柳文研究法著者林紓生於一八五二年，卒於一九二四年，堪稱是一位清末民初的文化奇人。他是桐城派散文的殿軍，一點不懂西洋語言文字，僅憑聽人口述，把一百八十多種西方小説翻譯成漢語，成爲向古老中國介紹西方文學的開山人。「林譯小説」，曾經是好幾代人的最愛，用文言表述的漢譯西方小説，成了中西文化交流史上一道奇异的瑰彩。

韓柳文研究法亦是文言文著作，對韓愈和柳宗元的多篇古文逐一評論，細緻深入，作者所持觀點立場，則完全是傳統的儒家思想體系和桐城派衡文的法眼，完全不見西學影響的痕迹。此亦可見所謂民國時段之文化形態，新舊雜陳，多元豐富也。

前有馬其昶（一八五五——一九三〇）短序，馬氏乃桐城派後勁，清史稿之「儒林」、「文苑」卷總纂。其序説與林紓「同客京師，一見相傾倒，别三年，再晤，陵谷遷變矣。而先生著書談文如故，一日出所謂韓柳文研究法見示」。所謂「陵谷遷變」，即指清朝滅亡而民國建立，韓柳文研究法於一九一四年由商務印書館出版，則此書或峻稿於清季。馬其昶贊美林紓「於史漢及唐宋大家文，誦之數十年，說其義，玩其辭，醰醰乎其有味也」。林紓於韓愈、柳宗元的古文沉浸涵泳，所謂「韓氏之文，不佞讀之二十有五年」，則其所得所會，自然和後來接受了西方文藝思想的研究者，無真賞而僅「分析批判」所見大爲不同。

如林紓這樣評析韓愈的文章寫作技巧：「韓氏之能，能詳人之所略，又略人之所詳。常人恒設之籬樊，學韓則障礙爲之空。常人流滑之口吻，學韓則結習爲之除。漢所謂摧陷廓清者，或在是也。」『韓文能抑絕掩蔽，不使自露。不佞久乃覺之。……不善學者，往往因蔽而晦，累掩而澀。……所難者，能於掩蔽中，有淵然之光、蒼然之色，所以成爲昌黎耳。」

再如評柳宗元：「柳州段太尉逸事狀，與昌黎張中丞傳後敘，均洋洋有生氣，亦皆良史之才也。不佞甚惜柳州不爲史官，其寫忠義慷慨處，氣壯而語醇，力偉而光斂，可稱極筆。」「若公在永州，一荒昧不辟之區，必待糞除，其勝始出。是永州之勝，均係諸公之一言。則非極力描摹，山容水態，亦不易流傳於藝苑。集中諸文皆佳，而山水之記，尤爲精絕，雖大同小异，然各有經營。韓公猶望而却步，何論其他。」

文學論略，章太炎著。章太炎生於一八六九年，卒於一九三六年，太炎是號，名炳麟，在小學（語言文字學）、歷史、哲學、政治方面都有卓越貢獻，乃近代的國學大師。我的業師姚奠中先生是章先生最後招收的研究生之一，把對文學論略的評介作爲這一個系列學術著作的「收官」，格外具有意味。

文學論略首發於一九〇五年的四川學報（未完），一九二五年上海的群衆圖書公司出版，一九二六年再版，後來又成爲國故論衡的一部分。文學論略前面有胡適的一篇序，其中的一些話很有意味：

這五十年是中國古文學的結束時期。做這個大結束的人物，很不容易得。恰好有一個章炳麟，真可算是古文學很光榮的結局了。章炳麟是清代學術史的押陣大將，但他又是一個文學家。他是能實行不分文辭與學説的人，故他講學説理的文章都很有文學的價值。但他究竟是一個復古的文家。他的復古主義雖能「言之成理」，究竟是一種反背時勢的運動。

總而言之，章炳麟的古文學是五十年來的第一作家，這是無可疑的。但他的成績只够替古文學做一個很光榮的下場，仍舊不能救古文學的必死之症，仍舊不能做到那「取千年朽蠹之餘，反之正則」的盛業。他的弟子也不少，但他的文章却没有傳人。

文學論略開宗明義：「何以謂之文學？以有文字，著於竹帛，故謂之文；論其法式，謂之文學。凡文理，文字，文詞，皆謂之文；而言其采色之焕發，則謂之彣（讀『文』，文采之意）」。這裏的核心思想，即文、史、哲不作絶對區分的「文學」觀念。而這一點，正是中國文化的根蒂，與西方講究分科別類的「科學」文藝學大異其趣。從表面看來，如胡適所批評，章太炎的這種文學觀是「復古主義」，「反背時勢」。胡適在序言結尾説：「章炳麟在文學上的成績與失敗，都給我們一個教訓。他的成績使我們知道文學須有學問與論理做底子，他的失敗使我們知道中國文學的改革須向前進，不可回頭去。」

以五四新文化運動爲起始標誌的「白話文」運動，正是沿着胡適的主張發展前行的，魯迅的「拿來主義」主張也主宰了整個二十世紀的中國文學和文化的走向。我們所評介的民國學術著作，絕大多數也體現了這個方向和主旨。但問題並不是單一的，歷史也是復雜的，如今我們回顧反思，在肯定胡適所説「改革必須向前，不可以回頭去」的歷史合理性一面的同時，也必須正視章太炎的文學主張，蘊含有更深層的中國傳統文化之精義奧旨，而且隨着人類文化在二十一世紀出現的困境，越來越具有啓示意義。單從對文學的認識來説，章太炎標榜的文、史、哲大會通的中國傳統文化的根本立場，也是有其文化深刻性和現實針對性的。

因此，對民國長達四十年時段的學術著作及其體現的思想方向，也不能簡單化地對待，忽視其所體現的歷史走向必然性與新價值的合理性是不對的，過分拔高推崇也有所偏頗。畢竟，那是一個「過渡」、「轉型」的時期，其多數學術文化著作也必然帶有「過渡」、「轉型」的色彩，是「進行時」和「未完成時」，距離「經典」尚有距離。從戊戌變法到辛亥革命到五四運動，一直到一九四九年，泛民國時段（包括其醖釀鋪墊時期）之中國現代化歷程從肇始而前行，歷經曲折，其激烈變化之歷史空隙中艱難産生的學術文化，有其大膽引進勇敢開拓而攝人心魄的一面，也有其嘗試而稚嫩、外來與傳統磨合不甚相契的一面。近世之社會轉型文化轉型乃大勢所趨，民國的學人們做出了艱苦的努力和卓越的貢獻，如何能在吸取世界其他文明滋育的同時，又能使中國傳統文化精粹得以恢弘發揚，再造輝煌，此正民國以來直至今日，中國知識界文化界苦苦思索探尋而歷久彌新之時代課題！

正是在這個意義上，民國的學術著作，這些體現了當日中國文化精英思考、研究、探索中國的社會與國家之現代化轉型的成果，其中的材料等或已經是舊痕陳迹，而其所思考的問題，所探索的思路，所提出的設想，以及這些著作本身的種種成就和不足，對於今天的中國現實，仍然具有攻錯借鑒的意義。他山之石，可以攻玉，何況此本非他山之石，正我山自有之石乎！

欲滅其國族，必先滅其文史。民族的歷史，特別是文化史、思想史、學術史，誠乃一國一族之精魂慧命之所在所基。當年日本侵略者之所以轟炸商務印書館與東方圖書館者，正深諳此理也。而商務印書館鳳凰涅槃浴火重生之艱苦奮鬥，亦未稍懈於斯。

民國語文，也在「轉型」途程中，這些學術著作的文風，大多是一種「尚存文言痕迹的白話文」。今天的青年讀者閱讀起來，也許會有異樣的感覺，但也可謂別具一種風味。而此二十三種著作的作者，絕大多數爲南方人，如浙江、江蘇、湖南、福建等省份，這些著作又大都在上海出版，由此亦可見民國時期文化發展的大情勢。這二十三種著作的二十位作者，當其撰寫著作之時，應該説彼此質素、學養都相差不遠，而其後之發展結局，則有的著作等身成爲大家大師，有的則後勁不足而逐漸湮滅少聞，固然各人機遇運會不同，而個人心志的堅持和努力之有無强弱，無疑是最主要的因素。對今日之學人特別是青年，不也很有啓發意義嗎？

潛入歷史的塵霾中排沙簡金，而選擇出此二十三册著作，並非筆者所爲，因而對此種簡選是否即能代表民國時期文學研究的大體大略，實亦不敢斷言，滄海遺珠或在所難免。而忝膺爲此編叢書作序的重任，惶恐之意，自不待言，管窺蠡測，亂彈胡侃，尚祈盼海内外方家不吝指教。但披閱這些先賢的著述，恰如驀然回首，向幽深的夜，重新點燃支支老紅燭。「紅燭啊！是誰制的蠟——給你軀體？是誰點的火——點着靈魂？」（聞一多紅燭）

點點燭光，明輝熠熠，回顧往昔，瞻望將來，道一聲：願我們的中國，鑒古灼今，發揚傳統精華，吸取五洲營養，漸進改革，持續開放，醒獅昂首，闊步奮行，前程佳美！

二〇一四年四月一日於大連

作者簡介

呂思勉（一八八四年—一九五七年）字誠之，江蘇常州人。十二歲以後在父母師友的指導下讀史書，了解中國歷史。十六歲自學古史典籍。他是中國學術史上一顆璀璨的明珠，爲中國現代學術的發展做出了重大貢獻。他不標榜任何一派，而是别具一格的一家，對經學、文字學、文學亦有獨到見解。他和陳垣先生、陳寅恪先生、錢穆先生一起被推重爲「現代史學四大家」。

宋代文學目錄

宋代文學

第一章　概說

中國文學，大致可分爲四期：第一期斷自西周以前，第二期自東周至西漢，第三期自東漢至南北朝，第四期自隋唐至淸。第五期則屬諸自今以後矣。請得而略言之。

各國文學之發達，韻文皆先於散文。吾國亦然。最古之書，傳於今者，大抵整齊而有韻。（如老子是也。老子雖東周之世寫出，然其文必傳之自古者也。老子書中，無男女字，祇有牝牡字，卽可徵其文之古。）其無韻者，亦簡質少助字。（如尙書是也。）此蓋古人言語思想，均不甚發達，故其書詞意多渾涵。又其時簡牘用少，學問多由口耳相傳，故多編爲簡短協韻之句，以便誦習也。文以語言爲本，詩以歌謠爲本，韻文與詩，相似而實不同。此時代之詩，傳於今，最完備者，爲三百篇。三百篇之句，昔人云自一言至九言。（見詩疏。）實以四言爲多。間有三言者。（四言而加一助字，實亦三言也。）前乎三百篇之詩可信者，其體製皆與三百篇相類。（如伊耆氏蜡辭是也。見禮記郊特牲。）其有類乎後世之詩體者，則其意雖傳之自古，而其辭必後人所爲矣。（如南風歌是也。古書記人言語，多僅傳其意，而其辭則爲著書者所自爲。卽歌謠亦然。史記田敬仲世家，謂田常以大斗出貸，小斗收之。齊人歌之曰：『嫗乎采芑，歸乎田成子。』劉知幾譏其不實，而不知古人自有此例也。劉說見史通暗惑篇。』此爲第一期。

整齊簡質之文，節短而韻長，詞少而意多，非不美也。然思想發達，則苦其不足盡意。夫思想發達，則言語隨之。言語發達，則文字從之。於是流暢之散文興焉。散文之興，蓋在東周之世至西漢而極。（西周以前文字傳於今者甚少。較可信其出於西周人者，如周誥，其辭卽多中屈，與殷盤相類。其明白易曉者，如金縢，則恐其辭已出後人矣。然究尙與東周之世文字不同。要之今人讀之，覺其明白如論，孟，暢達如戰國策者，西周以前，殆無有也。）此時代之詩，四言漸變爲五言。又有三七言者。（如荀子之成相篇是。漢世樂府之調，蓋權輿於此。此爲第二期。

第二期之文字，與口語極相近。今日讀之，祇覺其古茂可愛。然在當時，則頗嫌其冗蔓。（此時代之文字有極冗蔓者。如史記周本紀『是時諸侯不期而會孟津者八百諸侯。』諸侯二字，竟不删去其一。句法可謂冗贅已極。又如墨子非攻上篇：『今有一人，入人園圃，竊其桃李，衆聞則非之；上爲政者，得則罰之，此何也？以虧人自利也。至攘人犬豕雞豚者，其不義，又甚入人園圃竊桃李。是何故也？以虧人愈多，其不仁茲甚，罪益厚。至入人欄廄，取人馬牛者，其不義，又甚攘人犬豕雞豚。此何故也？以其虧人愈多。苟虧人愈多，其不仁茲甚，罪益厚。至殺不辜人也，拖其衣裘，取戈劍者，其不義又甚入人欄廄，取人馬牛。此何故也？以其虧人愈多。苟虧人愈多，其不仁茲甚矣，罪益厚。』則句法語調，兩極冗蔓矣。古人此等文字甚多，自後人爲之，皆數語可了耳。古人之所以如此，皆由其與口語相近故也）於是漸加以修飾。修飾之道有二：（一）於詞類，擇其足以引起美感者用之。（二）於句法，求其齊整。（用典兼涵此兩義。（一）用典則辭句少而所含之意多，耐人尋味。故典者，不啻詞之至美者也。（二）用一故事，直加敍述，如敍事然，即無所謂用典。所謂用典者，皆不敍其事，而以一二語檃括之者也。此之謂翦裁。用事必加以翦裁，即所以求其文之齊整也。○近人涵芬樓文談徵故云：『凡說理之文，恐不足徵信於人，必取古事以實之。漢魏六朝，以矜鍊爲貴。往往一節之中，連引十餘事。或一句爲一事，或二三句爲一事，皆以類相從，層見疊出。蓋其時偶儷之體盛行，故操觚家亦喜講翦鎔對仗之法。至唐昌黎公出而文體一變。徵故之法，閒有全錄舊文，不以襞績從事。東坡窮其才力所至，引用史傳，必詳錄本末，有一事而至數十字者。』案韓蘇文體所以變古以古書少，所引事人人知之；後世書多，則不能然也。此亦古文不得不代駢文而起之一端。）其風始於西漢之末造，而盛於東京。魏晉以降，扇而彌甚。遂至專尚藻飾，務爲排偶，與口語相去日遠焉。此時代之詩，則五言大昌，而樂府亦盛。詩文皆漸調平仄，遂開唐宋律體之端。（不獨詩賦有古律之別，文亦有之。唐宋駢文，調平仄惟謹者，皆律體也。）此爲第三期。

文字與口語日遠，寖至不能達意，必有所以拯其弊者，於是古文興焉。（其人自謂復古，謂之古文。實則對駢文而言，當云散文。其對韻文而稱之散文，則當稱無韻文，方免混淆。）古文非一蹴而幾也。其初與藻繪之文竝行者有筆。筆雖不避俚俗，然辭句整齊，聲調嘽緩，實仍不脫當時修飾之風。（口語句之長短不定。當時所謂筆者，特迫於無可如何，參用俗語；且不加藻繪耳。然其句調仍極整齊，實與口語不合。）且文貴典雅，久已相沿成習，以通俗之筆，施之高文典册，必爲時人所不慊。然以藻繪之文爲之，亦有嫌其體製之不稱者。於是有欲模放古人者焉。遺其神而取其貌，如蘇綽之擬大誥是。夫所惡於藻繪之文者，不徒以其有失質樸之風，亦以其不能達意也。今貌效古人，其於輕佻浮薄之弊則去矣，而其不能達意，則實與藻繪之文同。抑藻繪之文，不能施之高文典册者，以其體製之不相稱也。今貌效古人，則爲優孟之衣冠，無其情而襲其形，其可笑乃彌甚。（體製不稱，與無其情而襲其形，同爲一種不美）逮韓柳出，用古人之文法，（第二期散文之法。）以達今人之意思。今人之言語，有可易以古語者，則譯之以求其雅。其不能易者，則即不改以存其眞。如是，則俚俗與藻繪之病皆除。文之適用於此時者，莫此體若矣，此古文之興，所以爲中國文學界一大事也。古文運動，始於南北朝之末，歷隋及唐，而告成於韓柳。然其風猶未盛。能爲此種文字者，寥寥可數。普通文字，仍皆沿前此駢儷之舊者也。至宋世而古文之學乃大昌。歐、曾、蘇、王，各極所至。普通應用文字，亦多用散文。而散文始與駢文，成中分之勢矣。（其時僅詔誥章表等，仍沿用駢文，以拘於體制，故難變也。○詔誥自元以後，可謂改用白話。元代詔令，多用語體。元史泰定帝紀中，尙存一篇。明淸兩代詔令，雖貌用文言，實則以口語爲主，而以文言變其貌耳。）然文學之進步，實由簡而趨繁。新者旣興，舊者不必遂廢。故散文雖盛行，駢文仍保其相當之位置；而唐宋人所爲之駢文，較之南北朝以前，且各有其特色焉。（宋駢文之特色，尤爲顯著。以其與南北朝以前之駢文，相異彌甚也。此亦唐、宋文字，同走一方向，至宋而大成之一端。）又文字嫌其藻繪而不能達意，雖圖改革，厥有兩途：（一）以古代散文爲法，（二）以口語爲準是也。前者雅而究不能盡達時人之意。後者則宣之於口者，卽可筆之於書，可謂意無不達。而或不免失之鄙俗。（此亦爲一失，文自有當求雅處，故文言白話，實各有其用。專主白話而詆文言爲死文字者，亦一偏之論也。）二者實各有短長，而亦各有其用。凡物之眞有用者，有之必不能廢，無之必不容不興。故古文起於隋唐之世，而專主口語之白話文，亦萌芽於是時。如儒釋二家之語錄及平話是也。故唐、宋之世，實古文白話，同時竝進，（二者皆爲散文。）而駢文仍得保其相當之位置者也。至於詩，則在唐代爲極盛。舊詩之體製，至此可謂皆備。宋人於詩之體製，未能出於唐人之外。而其意境、字面，（意境者實質，字面者形式也。）則與唐人判然不同，後人之詩，非宗唐，卽北宋，至今未能出此兩派之外焉。故詩之爲學，亦唐人具之，宋人繼之，而後大成者也。又中國之詩，當分廣狹兩義：

以狹義論，則惟向所謂詩者，乃得謂之詩。以廣義論，則詞與曲亦皆詩也。詞起於唐而盛於宋，曲起於宋而盛於元。元有天下僅八十年，以文化論，一切皆承宋之餘緒，不徒祇可謂之閏位，實乃祇可謂之附庸。故廣義之詩，亦可謂唐人創之，宋人成之也。清代，宋人所謂道學者，流弊漸著。清儒乃創樸學以救之。以學問論，頗足補宋人之所闕。然清儒以好古故，於文學亦欲祧唐、宋而法周、秦、漢、魏，則實未能有所成就也。故文學史上，截至今日，講新文學以前，實猶未能離乎唐、宋之一時期也。此爲第四期。

本書主論宋代文學。先立此章，以見宋代文學在文學史上之位置。以下乃分五章詳說之。

第二章　宋代之古文

宋代爲古文者，始自柳開。（大名人，開寶六年進士，歷典州郡。咸平中，卒於京師。）開少遇天水老儒趙生，授以韓文，好之。自名曰肩愈，字紹元，意欲續韓柳之緒也。（見張景所撰行狀。）既乃改名開，字仲塗，自謂能開聖道之塗云。（見晁公武郡齋讀書志）開弟子曰張景，（字晦之，公安人，官至廷評）爲開撰行狀。謂開『生於晉末，長於宋初。』又開序韓文云：『予讀先生之文年十有七。』則其爲古文，實早於穆伯長數十年。（穆生於太平興國四年。）歐陽修論尹師魯墓誌書，謂穆氏學古文，在師魯前，朱子名臣言行錄，則謂師魯學古文於穆氏。則柳開而外，宋代治古文者，當以穆氏爲最早。）故洪邁容齋隨筆，以歐陽修數宋代之爲古文者不及開，且云天下未有道韓文者爲異。（見下。）案晁公武郡齋讀書志謂『歐公嘗推本朝古文，自仲塗始。』則歐公固有推崇柳氏之論矣。特洪氏偶未見耳。（范仲淹尹師魯集序云：『五代文體薄弱，皇朝柳仲塗起而麾之，洎楊大年，專事藻飾，謂古道不適於用，廢而弗學。久之，師魯與穆伯長力爲古文。歐陽永叔從而振之。由是天下之文，一變而古。」亦溯其原於開。）開所爲文，張景輯之爲十五卷，曰河東先生集，陳振孫書錄解題，謂『其體艱澀』今讀之誠然。今錄一篇如下，以見宋代古文初興之時，明而未融之象焉。

柳開穆夫人墓誌銘

漢開運元年，開叔父諱承贊卒。叔母穆，年二十有七。嫠居四十五年。歲己丑五月，歿於家。後七年，葬叔父墓中。唐季，我先人塋館陶縣北三十里。周廣順中，始葬叔父大名府西南二十里，村曰馮杜。開近歲連上書天子哀之。賜錢三十萬，使葬先臣之屬。得華州進士王煥襄其事。煥義者也，恭恪弗懈，成開之心。柳宮姓，爲地法利坤艮。自叔父墓東下十七步，我皇考之墓。又東下，仲父諱承煦之墓。各以子位從之。又東下，叔父諱承陟之墓。叔陟無嗣，以季父諱承遠之墓同域焉。故昭義軍節度推官閔，叔母長子也。閔叔父卒始生，次子也。趙氏故婦女也。次病，廢老於室。（案此數語文有奪誤）開爲兒時，見我烈考治家孝且嚴。視叔母二子，常先開與閏。我母萬年君愛猶己，勤勤儲儲，常懼有闕。乃叔母至老，我二兒至成人，不類諸孤兒寡婦。月旦望，諸叔母拜堂下畢，卽曰：『上手抵面聽奉我皇考誡。』告之曰：『人之家，兄弟無不義盡，因娶婦入門，異姓相聚，爭長競短，漸漬日聞，偏愛私藏，以至背戾。分門割戶，患若賊讎，皆汝婦人所作。男子有剛腸者幾人？能不爲婦人言所役？吾見多矣。若等寧是乎？』退卽惴惴閉息，恐然如有大誅責。至死，不敢道一語爲不孝事。抵開輩，賴之得全其家也如此。嗚呼！君子正己，直其言，居上其善也，家國治焉；小人枉己，私爲言，居上不善也，家國亂焉。旨哉君子也！銘曰：

昔我叔之去世兮，垂嚴誡之深辭。旨穆母而告云兮，惟夫婦之有儀。伊生死之孰免兮，於貞節而弗虧。代厚養以多屬兮，家復貴而偶時。寧不完於安佚兮，胡適彼而士斯。介如石之克鮮兮，衆猶草之離離。母血涕以奉教兮，哀心以自持。畢考命之惸孤兮，終天地而弗移。噫嚱過此兮，母曷爲知！

柳開以後，尹洙以前，能爲古文者，又有王禹偁，（字元之，鉅野人。太平興國八年進士。嘗知制誥。入翰林爲學士。以直道自任，累見貶斥。最後知黃州，徙蘄州卒。）孫何，（字漢公，蔡州人。淳化進士，累官右司諫，歷兩浙轉運，入知制誥。）丁謂。（字謂之，後更字公言，蘇州人，淳化進士，累遷知制誥，天禧時爲相，封晉國公。仁宗立，貶崖州司戶參軍。更赦，徙道州，明道末，以祕書監召還，卒於光州。）葉水心稱禹偁文古雅簡淡，眞宗以前，未有及者。今讀之，實多未脫俗調。（觀世所傳誦待漏院記、竹樓記可見。）林竹溪（名希逸，字肅翁，福清人，端平進士，官至考功員外郎。）謂其『意已務實而未得典則之正』是也。（見文獻通考。）何『幼篤學，嗜古，爲文宗經。』謂亦能爲古文。嘗袖文同謁禹偁，禹偁驚重之，謂韓柳後三百年乃有此作。時『並稱爲孫、丁』云。（晁公武讀書志。）案謂名亦列西崑酬唱集中。三人者，蓋異於時，而又未能逕卽於古。故宋代數爲古文者，或及之，或不及之也。

宋代詩文，皆至慶曆之際而大變。主持一時之風會者，實爲歐陽公。（歐陽修，字永叔，自號醉翁，又號六一居士。廬陵人，中進士甲科，累官知制誥，出知滁州。後召還，爲翰林學士，嘉祐時，拜參政。熙寧初致仕，諡文忠。）而爲歐公古文之先導者，則穆修，（字伯長，鄆州人，大中祥符進士，授泰州司理參軍。以伉直被誣，貶池州，徙潁、蔡二州文學掾，以卒。宋人皆稱爲穆參軍，從其初官也。）尹洙，（字師魯，河南人，天聖進士，官至起居舍人。）蘇舜元，舜欽兄弟也。（舜元，字才翁，梓州人，官至度支判官。舜欽，字子美，景祐進士，累遷集賢校理，坐事除名，流寓蘇州，作滄浪亭，自號滄浪翁。後爲湖州長史卒。）歐公作子美文集序，謂『子美之齒少於予，而予學古文，反在其後。天聖之間，予舉進士於有司。見時學者務以言語聲偶擿裂，號爲時文，以相誇尙。而子美獨與其兄才翁及穆參軍伯長作爲古歌詩雜文。時人頗共非笑之，而子美不顧也。其後天子患時文之弊，下詔書諷勉學者以近古。由是其風漸息，而學者稍趨於古焉。獨子美爲於舉世不爲之時，其始終自守，不牽世俗，可謂特立之士也。』又其書韓文後曰：『予少家漢東。有大姓李氏者，其子堯輔頗好學。予游其家，見其敝簏貯故書在壁間，發而視之，得唐昌黎先生文集六卷，脫落顚倒無次序，因乞以歸讀之。是時天下未有道韓文者。予亦方舉進士，以禮部詩賦爲事。後官於洛陽，而尹師魯之徒皆在，遂相與作爲古文。因出所藏昌黎集補綴之。其後天下學者，亦漸趨於古，韓文遂行於世。』蘇舜欽哀穆先生文，謂其『得柳子厚文，刻貨之，讎者甚少。踰年乃得百緡。』而穆氏答喬適書，亦謂『今世士子，習尙淺近。非章句聲偶之辭，不置耳目。浮軌濫轍，相跡而奔，靡有異塗焉。其間獨取以古文語者，則與語怪者同也。衆又排詬之，罪毀之，不目以爲迂，則指以爲惑。謂之背時遠名，闊於富貴。先進則莫有譽之者，同儕則莫有附之者。其人苟失自知之明，守之不以固，持之不以堅，則莫不懼而疑，悔而思，忽焉且復去此而卽彼矣。』可見是時古文之衰；

亦可見諸人爲古文之先後，及宋代古文興起之始末也。

所謂古文者，謂以古人文字之善者爲法，非謂徑作古語也。若逕作古語，則意必不能盡達；卽自謂能達，而他人讀之，亦必苦其艱澀；與鄙俗者其失惟鈞矣，然拔起於流俗之中，而效古人者，欲盡變其形貌甚難。此宋初爲古文者所以皆不免有艱澀之病，（葉水心曰：『柳開、穆修、張景、劉牧，當時號能古文。今文鑑所存來賢亭記、河南尉廳壁記、法相院鐘記、靜勝亭記、待月亭記諸篇可見。時以偶儷工巧爲尙，而我以斷散鄙拙爲高，自齊、梁以來，言古文者無不如此。韓愈之備盡時體，抑不自名，李翺、皇甫湜往往不能知，而況孟郊、張籍乎？古人文字固極天下之巧麗矣，彼怪迂鈍樸，用功不深，纔得其腐敗粗澀而已。』案艱澀之病，不獨柳、穆諸人，卽尹、蘇亦未盡免。邵伯溫聞見錄謂『錢惟演守西都，起雙桂樓，建臨園驛，命師魯、歐公爲記。歐公文千字，師魯五百字而已，歐公服其簡古。』師魯文簡古，誠有勝歐公處，然其不如歐公處，亦正在此。且如蘇氏滄浪亭記，善矣，能如歐公諸記之有與會乎？○葉氏說見文獻通考，文鑑，謂呂祖謙所編宋文鑑也。來賢亭記，柳開作，河南尉廳壁記張景作。法相院鐘記，靜勝亭記皆穆修作，待月亭記劉牧作。）必至歐公，而後可稱大成也。（陳振孫云『本朝初爲古文者，柳開、穆修，其後有二尹、二蘇兄弟。歐公本以詞賦擅名場屋。既得韓文，刻意爲之。雖皆在諸公後，而獨出其上，遂爲一代文宗。』案師魯之兄名源，字子漸。以太常博士知懷州，尹河南。）歐公文極平易。蘇明允上歐公書謂『執事之文，紆徐委備，往復百折，而條達疏暢，無所間斷。氣盡語極，急言極論，而容與閒易，無艱難勞苦之態。』可謂知言。今觀歐公全集，其議論之文：如朋黨論、爲君難論、本論、考證之文，如辨易繫辭；皆委婉曲折，意無不達，而尤長於言情。序跋如蘇文氏集序，釋祕演詩集序，碑誌如瀧岡阡表，石曼卿墓表，徂徠先生墓誌銘，雜記如豐樂亭記，峴山亭記等，皆感慨系之，所謂六一風神也。歐公文亦有以雄奇爲尚者，如五代史中諸表志序是。然仍不失其紆徐委備之態。人之才性，固各有所宜也。

歐公嘗與宋祁同修唐書，又嘗自撰五代史，史書文字之佳者，以此爲斷。自宋史而下，悉成官書，無足觀矣。（此係就文論文。史書當尙文學與否，別是一事。）五代史出於獨纂，尤爲精力所粹。

宋祁與兄庠，同登天聖進士弟。（庠，字公序，本名郊，字伯庠，讒者謂其姓符國號，名應郊天，仁宗命改焉。祁，字子京。安州安陸人，徙開封之雍邱。奏名時，祁本居第一。章獻后以弟不可先兄，乃以郊爲第一，祁第十。郊皇祐元年拜相，嘉祐中，復爲樞密使，封莒國公，以司空致仕。卒，諡元憲。祁累遷知制誥，除翰林學士承旨。諡景文。）庠以館閣文字名，而祁通小學，能爲古文。所修唐書，文字較舊書爲高雅，然亦流爲澀體，頗爲論者所譏。陳振孫云：『景文未第時，爲學於永陽僧舍。或問君好讀何書？答曰：余最好大誥。』又曰：『景文筆記「余於爲文似蘧瑗，年五十知四十九年非，余年六十，始知五十九年非。其庶幾至於道乎？每見舊所作文章，憎之，必欲燒棄。」』則其少年好尚奇險，晚亦自知其非矣。以遲暮，不能改絃易轍耳，是以聞道貴早也。

與歐公並時而能爲古文者，自當推曾、王及三蘇。明茅坤始以歐、曾、蘇、王之文，與韓、柳並稱爲八家。世人雖有訾之者。然此八家在唐、宋諸家中，精光自不可掩。其造詣出於他家之上，亦事實也。宋代六家中，歐、曾二家，性質尤相近。故晁公武謂『歐公門下士，多爲世顯人。議者獨以子固爲得其傳，猶學浮屠者所謂嫡嗣』云。清代桐城派之文，實以法此二家爲最多。（姚姬傳復魯絜非書曰：『宋朝歐陽、曾公之文，其才皆偏於柔之美者也。歐公能取異己者之長而時濟之，曾公能避所短而不犯。』）然歐、曾之文，仍各有其特色，歐文妙處，在於風神。曾文則議論醇正，雍容大雅，實於劉向爲近。（晁公武云：『其自負要似劉向，藐視韓愈以下。』案此曾公所自蘄，亦學者所共許也）今所傳劉向校書之序，固多僞作，戰國策序，論者多以爲眞，予尙未敢深信。然其文自極佳。而曾氏戰國策目錄序，與之酷似。列女傳目錄序，陳古刺今，語長心重；先大夫集後序，委曲感慨，而氣不迫晦，尤爲傑作，宜黃縣學記、筠州學記兩篇，文字尤質實厚重。要之南豐之文，可謂頗得戴記之妙也。（曾鞏，字子固，南豐人，嘉祐進士，歷典諸州，拜中書舍人，卒，追謚文定。）

三蘇之文，雖大致相同，而亦各有特色：筆力堅勁，自以老泉爲最。然老泉好縱橫家言，恆以權譎自喜，而其言實不可用。（如明論云：『天下之事，譬如有物十焉，吾舉其一，而人不知吾之不知其九也。歷數之至於九，而不知其一，不如舉一之不可測也，而況乎不至於九也？』此癡話也。天下豈有此等藏頭露尾之策而可欺人者邪？然老泉議論，大抵此類。）故其議論，多有不中理者。東坡則見解較老泉爲高，雖亦不脫縱橫之習，然絕去作用處，時或近於道家。非如老泉一味以權術自矜也。要之老泉皆私知穿鑿之談，而東坡實能見事理之眞。故其冰雪聰明處，實非老泉所及。尤妙在能以明顯之筆達之。如贈吳彥律篇扣槃捫燭之喩。又如倡勇敢篇云：『有人人之勇怯，有三軍之勇怯。人人而較之，則勇怯之相去，若莛與楹。至於三軍之勇怯則一也。出於反覆之間，而差於毫釐之際。故其權在將與君。人固有暴猛獸而不操兵，出入於白刃之中而色不變者；有見虺蝎而卻走，聞鐘鼓之聲而戰栗者；是勇怯之不齊，至於如此。然閭閻之小民，爭鬬戲笑，卒然之間，而或至於殺人。當其發也，其心翻然，其色勃然，若不可以已者，雖天下之勇夫無以過之。及其退而思其身，顧其妻子，未始不惻然悔也。此非必勇者也。氣之所乘，則奪其性而忘其故。故古之善用兵者，用其翻然勃然於未悔之間。而其不善者，沮其翻然勃然之心，而開其自悔之意，則是不戰而先自敗也。』其罕譬而喻，深入顯出，幾可謂獨步古今矣。東坡文字，當分少年與晚年觀之。少年文字，如策略、策斷等，氣勢極盛，然體格多有未成處。（姚姬傳評其策略五云：『此篇立論極善，而文不免於冗長，此東坡少年體有未成處。』○案東坡文字，并有俗陋不大雅者，如世所習誦之潮州韓文公廟碑是。）晚年文字，則心手相忘，獨立千載。議論文字，如志林，敘事文字，如徐州上皇帝書是也。東坡自言少年文字極絢爛，晚乃歸於平淡，可謂自知其功候。又謂『吾文如萬斛源泉，不擇地而施，及其與山石曲折，則隨物賦形，有不可知者。』又曰：『文字無定形，惟行乎其所不得不行，止乎其所不得不止，』可謂能自道其晚年之勝境矣。潁濱之文，氣象不如其父之雄奇；才思橫溢，亦非乃兄之敵。然議論在三家中最爲平正，文亦較有夷猶淡蕩之致，則亦非父兄所能也。然此在三家中云爾；較之他家，則仍有駿發蹈厲之勢。故又非歐、曾之倫。（東坡謂『子由之文，汪洋淡泊，有一唱三歎之聲，而其秀傑之氣，終不可沒。』亦可謂知子由者。○蘇洵，字明允，號老泉，眉州眉山人。至和中，以歐陽修薦，除校書郎。子軾，字子瞻，一字和仲。嘉祐時，歐陽修典禮部試所取士也。神宗時謫黃州，築室東坡，自號東坡居士。後卒於常州，謚文忠。轍，字子由，一字同叔，與軾同舉進士。老於許州，自號潁濱遺老。謚文定。）

荆公文格，在北宋諸家中爲最高。或謂八家中除韓文公外，卽當推荆公云。荆公爲文，與歐公異。歐公之文，皆再三削改而成。（朱子語類云：『有人買得醉翁亭記稿，初說滁州四面有山，凡數十字。末後改定，只曰「環滁皆山也」五字而已。』案世所習誦之瀧岡阡表，亦經改削，初稿尚存集中。）荆公則運筆如飛，初若不經意。既成，則見者皆服其精妙。蓋其天分，實有不可及者在也。荆公文世皆賞其拗折，其實其不可及處，乃在議論之正大，識解之高超，筆力之雄峻。具此三者，拗折則自然而致。所謂『氣盛則言之短長與聲之高下皆宜』也。上皇帝書，實爲宋代第一大文。當時堪與比方者，惟東坡之上皇帝書。然坡公文襲用當時文體，雖論者稱其高朗雄偉，爲宣公所不及，然較之荆公此篇則氣格卑下矣。其說理之文，如原性，性情論等，皆謹嚴周匝。細讀之，眞覺如生鐵鑄成，一字不可移易。周禮義序、度支廳壁題名記，不啻政見之宣言書。苞蘊宏富，而皆以百許字盡之。讀之只覺其精湛，而不覺其艱深。此則雖韓公不能，他家無論也。敍事之作，亦因物賦形，曲盡其妙。即就誌銘一體觀之，或則隨筆鋪敍，或則提挈頓挫，或寓議論感慨，或述離合死生。數十百萬，無兩篇機杼相同者。眞可謂筆有化工矣。（王安石，字介甫，號半山，撫州臨川人。擢進士第。神宗時再入相。封舒國，改荆國公。謚文。）

與歐、曾、蘇、王相先後者，范仲淹，（字希文，蘇州吳縣人。祥符進士。元昊反，副夏竦經略陝西。後拜樞副，進參政。銳意改革，爲僥倖者所不悅，未幾罷去。謚文正。）司馬光，（字君實，陝州夏縣人。學者稱涑水先生。寶元進士。神宗時，官御史，以反對新法，居洛十五年。哲宗初，起爲相，盡罷新法。卒謚文正。）劉敞，（字原父，臨江新喻人。學者稱公是先生。慶曆進士。以集賢院學士判南京御史臺。）劉攽，（敞弟，字貢父。學者稱公非先生。慶曆進士。歷州縣二十五年。晚乃遊館學。哲宗時，掌外制。）亦皆能爲古文。仲淹之作，氣體不甚高。（讀世所習誦之岳陽樓記可見。）光氣體醇雅，而不甚健。敞文甚古雅，亦極自負。（葉夢得曰『歐將死，戒其子弟，毋得遽出吾文。後百年，世好定，當有知我者。』晁公武曰：『英宗嘗語及原父，韓魏公對以有文學。歐陽公曰「其文章未佳，特博學可稱耳。」』葉氏謂『原父與文忠論春秋，間以謔語酬之，文忠不能平。後忤韓魏公，終不得爲翰林學士，』則原父之文，韓、歐皆不甚謂然也。）而好『摹放古語句。』（晁公武語。）殆亦有此病，皆不免食古而未化云。（朱子語類『劉原父文多法古，極相似，有幾件文字學禮記。春秋說學公穀。』又謂『劉貢父文字工於摹放，學穀梁，儀禮。』）

蘇氏之門，黃庭堅，（字魯直，洪州分寧人。第進士，除右諫議大夫，後責授涪州別駕。）秦觀，（字少游，一字太虛，高郵人，第進士。元祐初，以蘇軾薦，除祕書省正字，後坐黨籍，徙郴州。）張耒，（字文潛，楚州淮陰人，第進士，元祐初，仕爲起居舍人。徽宗時，至太常少卿。）晁補之，（字无咎，鉅野人。元豐進士。元祐除校書郎。紹聖末，落職監信州酒稅。大觀中，起知泗洲，卒。）稱四學士。（以其同入館也。見晁公武讀書志。）益以陳師道，（字無己，號后山居士。彭城人。元祐中，侍從合薦於朝，召爲太學博士。紹聖初，罷。建中靖國初，入爲祕書省正字。）李廌，（字方叔，華州人。）稱六君子。四學士中，庭堅長於詩，觀工偶儷，而補之、未善古文。世竝稱爲晁、張。（庭堅與秦觀書曰：『庭堅心醉於詩與楚辭，似若有得。至於議論文字，當付之晁、張及少游、無己。』案少游議論文，筆力稍弱。）師道在當時不以文名。而四庫提要謂『其文簡嚴密栗，不在李翺孫樵下。』又謂『廌文才氣橫溢，大略與蘇軾相近。故軾稱其筆墨瀾翻，有飛沙走石之勢。馳驟秦觀、張耒間，未遽步其後塵』也。（李格非，字文叔，濟南人。與蘇門諸子，往還甚密。劉後村謂『其文高雅條鬯，在晁、張上。詩稍不逮。』）

荆公之友，有侯官三王：曰回，字深父；曰向，字子直；曰冏，字容季；與歐、曾、劉原父游，皆早世。南豐序其文集，竝極稱之。馬端臨謂『其文當與曾、蘇相上下。惜晁、陳二家，竝不著錄，四朝國史（紹興時所修神宗、哲宗、徽宗、欽宗四朝之史也。至淳熙時乃成，首尾凡三十年。）藝文志有王深父集十卷，僅曾序所言之半。而子直、容季之文，則幷卷帙多少亦不能知』矣。

宋代理學盛行。理學家於學問，且以爲玩物喪志，而況文辭？於文辭之雅正者，且以爲無異俳優，何況淫豔？（謝良佐對明道舉文書，成篇不遺一字。明道曰：『賢卻記得許多，可謂玩物喪志。』）通書曰：『文所以載道也。不知務道德，而第以文辭爲能者，藝焉而已。』又曰：『聖人之道，入乎耳，存乎心，蘊之爲德行，行之爲事業。彼以文辭而已者，陋矣！』伊川曰：『古之學者爲己，其終至於成物；今之學者爲人，其終至於喪己。學也者，使人求於內也。不求於內而求於外，非聖人之學也。何謂不求於內而求於外？以文爲主者是也。學也者，使人求於本也。不求於本而求於末，非聖人之學也。何謂不求於本而求於末考詳略，采同異者是也。是皆無益於身，君子弗學。』又曰：『今爲文者，專務悅人耳目。既務悅人，非俳優而何？』宋儒此等議論甚多，此特其最著者而已。）然欲求知古人之意，不能不通其文。欲求載道而用世，亦不能盡廢文辭。故理學家雖賤視文藝，究之所吐棄者，不過靡麗雕琢之文；而於古文，則不徒不能廢棄，轉以反對淫豔之文，故而益增其盛也。（曾國藩湖南文徵序：『自東漢至隋，大抵義不單行，辭多儷語。卽議大政，考大禮，亦每綴以排比之句，間以婀娜之聲。歷唐代而不改。雖韓、李銳志復古，而不能革舉世駢體之風。宋興既久，歐陽、曾、王之徒，崇奉韓公，以爲不遷之宗。適會其時，大儒迭起，相與上探鄒、魯，研討微言。羣士慕效，類皆法韓氏之氣體，以闡明性道。自元、明至康、雍之間，風會略同。』頗能道出理學與文學之關係。要之理學家無意提倡古文，而古文卻因理學之盛行而增其盛，事固有出於不虞者也。）宋學開山，當推周、程、張、邵；而其先導，則爲安定、泰山、徂徠。（胡瑗，字翼之，泰州如皋人。世居安定，學者稱安定先生。孫復，字明復，晉州陽平人。退居泰山，學者稱泰山先生。石介，字守道，兗州章符人。居徂徠山下，學者稱徂徠先生。黃東發謂本朝理學雖至伊、洛而精，實自三先生始。全謝山撰宋儒學案，以三先生居首。周敦頤，字茂叔，道州營道人。知南康軍，家廬山蓮花峯下。有溪合於湓江，取營道故居濂溪之名名之，學者稱濂溪先生。程灝，字伯淳，洛陽人，學者稱明道先生，弟頤，字正叔，學者稱伊川先生。張載，字子厚，鳳翔郿縣橫渠鎮人，學者稱橫渠先生。邵雍，字堯夫，范陽人，家河南。諡康節。）泰山號能爲古文。潁濱作歐公墓碑載歐公之言謂『於文得尹師魯、孫明復，而意猶不足。』四庫提要則謂『明復之文，謹嚴峭潔，卓然儒者之言。與歐、蘇、曾、王千變萬化，務極文章之能事者，又別爲一格。』蓋非求工於文者。徂徠極推柳開之功，復作怪說以排楊億，於古文之興尤有關係。王漁洋池北偶談，稱其『倔強勁質，有唐人風，較勝柳、穆二家，而終未脫草昧之氣。』蓋亦在明而未融之候也。周子之通書，張子之正蒙、東銘、西銘，小程子之四箴，皆爲學者所稱。然惟西銘，情文兼至，不愧作者。通書、正蒙，雖謹嚴，而拘而不暢，樸而不華，謂爲載道之作則有之，譽其文辭之工，則阿私所好矣。劉牧撰易數鉤隱圖，以天地生成之數爲河圖，戴九履一之數爲洛書，實與周子之太極圖，邵子之先天圖，鼎立而三。雖理學之精蘊，不必在是，而其導源於是，則不可誣。而牧亦能爲古文。而先天、太極二圖，又皆原出穆修。理學家與古文之關係，誠可謂深矣。（王禹偁東都事略儒學傳，謂陳摶讀易，以數學授穆修。修以授种放，放授許堅，堅授范諤昌，朱震經筵表，謂陳摶以先天圖傳种放，放傳穆修，修傳李之才，之才傳邵雍；放以河圖洛書傳李漑，漑傳許堅，堅傳范諤昌，諤昌傳劉牧。修以太極圖傳周敦頤。敦頤傳程顥，程頤。○劉牧，字先之，衢州西安人，仕終荆湖北路轉運判官。）

然諸家於古文，雖有關係，而其文要不可謂甚工。南渡以後，乃有一朱子出焉。（名熹，字元晦，婺源人。父松爲政和尉，僑寓建州。朱子自署或曰晦菴，或曰晦翁，亦稱雲谷老人，又稱滄州病叟。嘗榜所居曰紫陽書堂，又築亭曰考亭，故學者亦以紫陽，考亭稱之，謚曰文。）朱子雖以理學名，而於學無所不窺，於文亦功力甚深。特其論文，以見道明理爲主，不欲以文辭見長而已。朱子文學南豐，微嫌氣弱而不舉；然其說理之文，極爲精實。（讀大學中庸章句序可見。）敍事論事之作，亦極明晰。上孝宗封事，委婉曲折，意無不盡；較之曾公，亦無多讓。誠南渡後一作手也。

朱子與張栻，（字敬夫，緜竹人，居衡陽，浚之子也。謚宣，學者稱南軒先生。）呂祖謙，（字伯恭，祖好問，始居婺州，學者稱東萊先生。謚成，改謚忠亮）竝稱乾淳三先生。祖謙亦能文，宋文鑑卽其所輯。祖謙長於史學，故其文多熟權利害，而有豪邁駿發之氣。其體格不如朱子之高，然世所習誦之左氏博議，則祖謙摹擬應試文字之作；其他作，亦不俗陋至是也。永嘉，永康，在理學中爲別派，其宗旨不必盡與東萊合，然皆漸染其好談史學之風氣，固不容疑。兩派巨子，皆能爲文辭。水心後學，工於文者尤多。故在理學中，浙學與文學，實關係最深者也。

永嘉巨擘，爲陳傅良及葉適。（傅良，字君舉，瑞安人，學者稱止齋先生。適，字正則，永嘉人，學者稱水心先生。）傅良之學，出於薛季宣。（字士龍，永嘉人。）季宣之學，出於程門，（季宣師事袁道潔，袁道潔師事二程。）而加之典章制度，欲見之施行。傅良承其遺風，故其學皆務有用，而文亦足以副之。適當韓侂胄用兵時，欲借其名以草詔，力陳不可。及敗，乃出制置江淮。受任於敗軍之際，奉命於危難之間，其措施殊有可觀。其於世務利害，籌議尤熟。傅良文極峭勁，適則才氣奔放，要皆用世之文也。永康之學，以陳亮爲巨擘。（字同甫，永康人，學者稱龍川先生。）亮慷慨喜言兵，與朱子辯王霸義利，兩不相下。嘗曰：『研窮義理之精微，辨析古今之同異；原心於秒忽，校理於分寸；以積累爲工，以涵養爲主；睟面盎背，則於諸儒誠有愧焉。至於堂堂之陳，正正之旗；風雨雲雷，交發而並至；龍蛇虎豹，變見而出沒，推倒一世之豪傑，開拓萬古之心胸；自謂差有一日之長。』其氣概可想。其文亦才辨縱橫，有不可一世之概。然失之於粗，且不免矜夸之習，實不逮水心與止齋也。

南宋爲散文既盛之世，承學之士，多能爲之。又以國步艱難，頗多慷慨激昂之論。（如胡銓，胡安國等皆是。）一時風氣如是，不皆可謂之能文。今錄止齋，水心文各一篇於後，可以見一時之風氣焉。

陳傅良「張耳、陳餘、酈食其論」

『圖天下者，自有天下之勢。書生之論不知也。圖天下而守書生之論，不敗事者寡矣！昔者秦之趨亡，陳、吳、劉、項之徒，崛起荊棘，以匹夫爭天下。無隻民塊土以爲之階；而勢非可以仁義爲也。故惟急功而疾戰，寸攘而尺取。世謂十夫逐鹿，一夫得鹿，九人拱手，倚人以爲外援，則不足以自固矣。而陳餘、張耳以立六國後，薦之楚涉，以弱秦。酈生亦以其謀用之漢高以撓楚。噫，書生之陋如此哉！夫六國之君，亟因其民而魚肉之，卒不能守，而入於虎狼之秦。天下之苦六國，不減秦也。知秦之可亡，而不知六國之不可復，其謀固已疏矣，況乎六國之後，而能信其民，果不爲陳、劉之憂哉？盜主人之金，而寄諸其鄰，責其不吾得，不可也。以匹夫謀人之天下，而又借助於人，是更生一敵也。夫以項氏之強，掌握土宇，列置諸將而王之，不便其不叛楚。及天下既定，漢高刑白馬以封功臣，恩甚渥也：然環視而爭衡者，沒高帝之齒而不絕。孰謂搶攘之際，憑之以犄角，而能使之不吾敵邪？嗚乎！將以仆敵，反以滋敵，此書生之論，圖天下者不爲也。』

葉適「論四屯駐大兵」

『敢問四大兵者，知其爲今日之深患乎？使知其爲深患，豈有積五十年之久，而不求所以處此者？然則亦不知而已矣。自靖康破壞，維揚倉卒，海道艱難，杭、越草創。天下遠者，命令不通；近者，橫潰莫制。國家無威信以驅使強悍，而諸將自誇雄惡。劉光世、張俊、吳玠兄弟、韓世忠、岳飛，各以成軍，雄視海內。其玩寇養尊，無若劉光世，其任數避事，無若張俊，當是時也，廩稍惟其所賦，功勳惟其所奏。將版之祿，多於兵卒之數，朝廷以轉運使主餽饟，隨意誅剝，無復顧惜。志意盛滿，仇疾互生，而上下同以爲患矣。及張俊收光世兵柄，制馭無策，呂祉以疏俊趣之，一旦殺帥，卷甲以遁。其後秦檜慮不及遠，急於求和，以屈辱爲安者，蓋憂諸將之兵未易收，浸成疽贅；則非特北方不可取，而南方亦未易定也。故約諸軍支遣之數，分天下之財，特命朝臣以總領之，以爲喉舌出納之要。諸將之兵，盡隸御前；將帥雖出於軍中，而易置皆由於人主；以示臂指相使之勢。向之大將，或殺或廢，惕息俟命，而後江左得以少安，故知其爲深患若此而已。雖然，以秦檜之慮不及遠也，不止於屈辱爲安，而直以今之所措置者爲大功，盡南方之財力，以養此四大兵；惴惴然常有不足之患；檜徒坐視而不恤也。檜久於其位，老疾而死。後來者習見而不復知，但以爲當然。故朝廷以四大兵爲命，而困民財。四都副統制，因之而侵刻兵食；內臣貴倖，因之而握制將權。蠹弊相承，無甚於此。而況不戰既久，老成消耗，新補惰偸，堪戰之兵，十無四五，氣勢儇弱。加以役使回易，交跋債負；家小日增，生養不足；怨嗟嗷嗷，聞於中外。昔祖宗竭天下之財，以養天下之兵，固前世之所無有；而今日竭東南之財，以養四屯駐之兵，又祖宗之所無有也。夫以地言之，則北爲重；以財言之，則南爲多。運吾之多財，兵強士飽，事力雄富，以此取地於北，不必智者而後知其可爲也。今奈何盡耗於三十萬之疲卒，襲五六十年之積弊，以爲庸將腐閹賣粥富貴之地，則陛下之遠業，將安所託乎？陛下誠奮然欲大有爲於天下，攄不可掩抑之素志，以謀夫不同覆載者之深讎，必自是始。使兵制定，而減州縣之供餽，以蘇息窮民，種植基本。於是厲其兵使必鬬，厲其將使不懼。一再當虜而勝負決矣兵以少而後強，財以少而後富，其說甚簡，其策甚要，其行之甚易也。」

第三章　宋代之駢文

駢文至宋，亦爲一大變。追原古昔，駢與散初非二物也。文字所以代語言，以事理論則對稱或列舉之處，其文自偶；偏舉一端之處，其文自奇。以文情言則凝重之處，不期其偶而自偶；疏宕之處，不期其奇而自奇。文無獨舉一事者，亦無對稱竝列到底者；而凝重疏宕亦必錯綜爲用，而後始成其爲文。故自然之文，駢散不分者勢也。散文發達之初，與口語極爲相近。今日視爲高古，而在古人觀之，則嫌其不文，於是就口語加以修飾，句求其整齊，詞求其美麗，是爲後世所謂駢文之濫觴。然特就口語加以修飾，非與口語截然爲二物也。魏晉以降，此風彌盛。遂至用字求其美麗，而俗語皆在所删；句調求其整齊，則散語幾於不用。而且用典日多，隸事日富。文至此，遂截然與口語分途。物極必反，乃有矯之之古文出焉，其說已見第一章。文學之事，如積薪然，新者旣興，舊者不必遂廢；故古文雖盛，駢文亦自有其用焉。蓋以魏晉六朝之文，說理記事，則嫌其華而不實，拘而不暢；而以唐以後之散文，施之應對之際，亦嫌其樸而不文，且太逕直。故宋時說理論事之作，多用散文，而詔誥牋表等，則仍用駢文焉。（容齋三筆『四方駢儷於文章爲至淺近，然上自朝廷命令詔冊，下而縉紳牋書祝疏，靡不用之』）駢散分途，各就所長以爲用，亦文學進化之一端。其事亦肇於唐而成於宋也。

一時代之思想，恆有其所偏主之端，大勢所趨，萬矢一的。雖自謂與衆立異者，亦恆受其陰驅潛率而不自知。此一時代之中所以恆止能成一事；而亦一時代之中，所以恆能成一事也。宋代爲散文盛行之世，斯時之駢文，名爲與古文對立，而實不免於古文化。以宋代之駢文，與宋代之古文較，則爲駢文；以宋代之駢文，與唐代之駢文較，則唐代之駢文，可謂駢文中之駢文；而宋代之駢文，可謂駢文中之散文矣。此等風氣，蓋變自歐蘇。宋初爲駢文者，無不恪守唐人矩矱，雍穆者遠師燕、許，繁縟者近法樊南。自歐蘇出，以古文之氣勢，運駢文之詞句，而唐、宋四六，始各殊其精神面貌矣。此種變遷，有得有失，氣之生動，詞之清新，雖極翦裁雕琢之功，仍有漸近自然之妙，宋人之所長也。造句過長，漸失和諧之美；措語務巧，更無樸茂之風；馴至力求清新，流爲纖仄；取徑既下，氣體彌卑，則其所短也。要之宋代之駢文，與齊梁以來之駢文較，可謂駢文中之散文。所長在此，所短亦在此也。（謝伋四六談麈云：

『四六施於制誥表奏文檄，本以便宣讀，多以四字六字爲句。宣和多用全文長句爲對，前無此格。』俞樾春在堂隨筆曰：『駢體之文，謂之四六，則以四字六字相間成文爲正格。困學紀聞所錄諸聯：如周南仲追貶秦檜制曰：「兵於五材，誰能去之，首弛邊疆之禁；臣無二心，天之制也，忍忘君父之讎。」貪用成白，而不顧其冗長，自是宋人習氣。又載王爚辭督府辟書曰：『昔溫太眞絕於違母，以奉廣武之檄，心雖忠而人議其失性。徐元直指心戀母，以辭豫州之命，情雖窘而人予其順天。」以議論行之，更宋派之陋者。此派一行，於明人王世貞、所作四六，竟有以十餘句爲一聯者。其亦未顧四六之名而思其義乎？』孫梅四六叢話曰：『宋初諸公駢體精敏工切，不失唐人矩矱。至歐公倡爲古文，而駢體亦一變其格。始以排奡古雅，爭勝古人。而枵腹空箐者，亦復以優孟之似，藉口學步，於是六朝三唐格調寖遠，不可不辨。』又曰：『駢儷之文，以唐爲極盛。宋人反詆譏之，豈通論哉？浮溪之文可稱精切。南宋作者，莫能或先，然何可與義山同日語哉？古之四六，句自爲對，故與古文未遠。其合兩句爲一聯者，謂之隔句對。古人愼用之，非以此見長也。義山之文，隔句不過通篇一二見。若浮溪，非隔句不能警矣。甚或長聯至數句，長句至數十字，以爲裁對之巧。不知古意寖失，遂成習氣，四六至此，弊極矣。其不相及者一也。義山隸事多而筆意有餘，浮溪隸事少而筆意不足，其不相及二也。若令狐，文體尤高，何以妄爲軒輊乎？』案四六聯太長，句太多，自是宋人一病。至於隸事少，而每一意必以較長之句達之，則正其所以能生動也。古意誠自此寖失，而宋人四六之能自樹立，亦正在此。昔人論文，每不免薄今愛古，見宋四六寖失古意，則必謂唐人爲是，宋人爲非。殊不知此乃文字之變遷，無所謂是非也。若必以恪守舊法爲是，則何不逕效先秦兩漢之文？而何必斤斤於魏、晉以來之所謂古乎？○浮溪，汪藻集名。）

宋初以駢文名者，當推徐鉉。（字鼎臣，廣陵人。）鉉本南唐詞臣，入宋後，亦直學士院，從太宗征太原，軍中書詔塡委，援筆無滯，辭理精當，時論稱之。此外扈蒙，（字日用，安次人，晉天福進士。仕周，爲右拾遺，直史館，知制誥。入宋，充史館修撰，與李昉等同編文苑英華。）張昭，（字潛夫，范縣人，歷事唐，晉，漢，周四朝。入宋，爲禮部尚書，封鄭國公。）李昉，（字明遠，饒陽人，仕漢、周兩朝，歸宋，三入翰林，太宗朝，拜平章事。文苑英華、太平御覽、太平廣記，皆其所修，謚文正。）竇儼，（字望之，漁陽人，晉天福進士。周翰林學士。入宋，爲禮部侍郎。）陶穀，（字秀實，新平人，仕晉，漢，周三朝，在周爲翰林學士。宋太祖禪詔，卽榖出諸袖中者。仕宋爲禮、刑、戶三部尙書。）宋白，（字太素，大名人，建隆進士，與李昉同修文苑英華。）或典詔命，或司文衡，或與纂修，皆五代之遺也。當時駢文皆恪守唐人矩矱，而鉉文雍容大雅，尤爲一時之冠。南唐後主之卒也，詔鉉爲墓志。鉉乞存故主之禮，許之。其文措辭得體，極爲當時所稱道。今一循誦之，誠穆然見燕許之遺風也。（其敍南唐之亡曰：『至於荷全濟之恩，謹藩國之度，勤修九貢，府無虛月。祇奉百役，知無不爲。十五年間，天眷彌渥。然而果於自信，怠於周防。西鄰啓釁，南箕搆禍。投杼致慈親之惑，乞火無里婦之辭。始營因壘之師，終後塗山之會。』敍南唐致亡之由曰：『本以惻隱之性，仍好竺乾之教。草木不殺，禽魚咸遂。貴人之善，嘗若不及。掩人之過，惟恐其聞。以至法不勝姦，威不克愛。以厭兵之俗，當用武之世。孔明罕應變之略，不成近功；偃王躬仁義之行，終於亡國。道有所在，復何愧歟？』措詞均可謂極得體。）

稍後以文字名，而能影響一時之風氣者，當推楊、劉。（楊億，字大年，浦城人。年十一，太宗聞其名，詔送闕下，試詩賦，授祕書省正字，後賜進士第。眞宗時，爲翰林學士，官至工部侍郎，兼史館纂修。劉筠，字子儀，大名人，第進士，三入翰林。）楊、劉詩文，皆法義山，後進效之，遂成風會。致石介作怪說以詆（怪說云：『周公、孔子、孟軻、揚雄、文中子、吏部之道，堯、舜、禹、湯、文、武之道也三才、九疇、五常之道也。反厥常，則爲怪矣。夫書則有堯舜典、皋陶、益稷謨、禹貢、箕子之洪範。詩則有大小雅，周頌、商頌。春秋則有聖人之經。易則有文王之繇，周公之爻，夫子之十翼。今楊億窮妍極態，綴風月，弄花草，淫巧侈麗，浮華纂組；刓鎪聖人之經，破碎聖人之言，離析聖人之意，蠹傷聖人之道。使天下不爲書之典謨、禹貢、洪範，詩之雅、頌，春秋之經，易之繇、爻、十翼，而爲楊億之窮妍極態，綴風月，弄花草，淫巧侈麗，浮華纂組，其爲怪大矣。』）優伶有撏撦之譏。（劉攽中山詩話：『祥符天禧中，楊大年、錢文僖、晏元獻、劉子儀，以文章立朝，爲詩皆宗李義山，後進多竊義山語句。嘗內宴，優人有爲義山者，衣服敗裂，告人曰：吾爲諸館職撏撦至此。聞者歡笑。』）然專以塗澤爲工，自是放效之失。億等詩文，固皆有根柢。雖華靡，尚不失典型也。今錄楊億文一篇於左，以見其概。

楊億「謝賜衣表」

『解衣之賜，猥及於下臣。挾纊之仁，更均於列校。光生郡邸，喜動轅門。伏以皇帝陛下，誕膺玄符，恭臨大寶。惠務先於逮下，志惟在於愛人。鳥獸氄毛，俯及嚴凝之候。衣裳在笥，爰推賜予之恩。在渙汗之所沾，雖容光而必照。如臣者，任叨符竹，地僻甌、吳。奉漢詔之六條，方深祇畏；分齊官之三服，忽荷頒宣。纂組極於纖華，純綿加於麗密。璽書下降，切窺雲漢之文。驛騎來臨，更重皇華之命。但曳婁而增惕，實被服以難勝。矧於戎行，亦膺天寵。干城雖久，皆無汗馬之勞；守士何功，獨愧濡鵜之刺。仰瞻宸極，惟誓糜捐。』

此外以駢文名者，又有夏竦（字子喬，德安人。仁宗時爲相，封英國公，謚文莊。）宋庠，宋祁兄弟，王禹偁，胡宿（字武平，常州晉陵人。進士。仕至樞副，謚文恭。）王珪（字禹玉，成都華陽人，徙舒。慶曆進士。神宗時爲相，謚文。）等。竦所作，以朝廷典册居多，論者稱其風骨高秀，有燕許之遺風。庠館閣之作，沈博絕麗。祁修新唐書，務爲艱澀；又删除駢體，一字不登。而其駢文，則確守唐人矩矱，蓋古文所以求合於古，而駢文則所以求適於時，故其途轍不同也。王禹偁散文務淸眞，而駢文亦宏麗典贍。胡宿、王珪，皆久典制誥，文極雍容華貴。要之此時之駢文，仍未脫唐人格式也。至歐陽修出，而其體一變。

唐代駢文，亦殊風會。初唐四傑之作，沈博絕麗。燕許出，務於典則。樊南稍流麗矣。楊、劉之專法義山，實亦隱開宋代風氣，特未嘗參以散文之法耳。歐公出，乃以流轉之筆，運雅淡之詞。南豐、荆公、子瞻兄弟，相與和之，而境界一變矣。今錄南豐賀明堂禮成肆赦表，東坡乞常州居住表各一篇於左：曾作爲色澤最古雅者，蘇文則氣勢最生動者也。

曾鞏「賀明堂禮成肆赦表」

『昊天無聲之載，人莫能名。先帝罔極之恩，物何以稱。維總章之定位，秩宗祀之洪儀。祇薦至誠，用伸昭報。伏惟陛下，躬夙成之聖質，而博古多聞；經特起之大猷，而虛心廣覽。振千齡之墜緒，紹三代之遐蹤。霈澤之所涵濡，太和之所煦嫗；華夏蠻貊，無一夫不獲其宜；草木蟲魚，無一物不遂其所。爰求祭典，用告王功。蓋諸儒之說爲不經，則折衷於夫子；而近世之事爲非古，則取法於周公。罷黜異端，推明極孝。以尊莫大於祖，故郊於吉土以配天；以本莫重於親，故享於合宮以配帝。恩義兩得其當，情文皆盡其詳。撤俎云初，均釐甚廣。昭哉皇矣，實難偶之昌期；巍乎煥焉，信非常之盛禮。臣幸逢熙洽，未奉燕閒。一違前蹕之音，四遇親祠之慶。青雲外士，皆預橋門之聽觀；黃髮孤生，獨歎周南之留滯。』

蘇軾「乞常州居住表」

『臣聞聖人之行法也，如雷霆之震草木，威怒雖盛，而歸於欲其生。人主之罪人也，如父母之譴子孫，鞭撻雖嚴，而不忍致之死。臣飄流棄物，枯槁餘生，泣血書詞，呼天請命，願回日月之照，一明葵藿之心。此言朝聞，夕死無憾。臣昔者嘗對便殿，親聞德音，以蒙聖知，不在人後。而狂狷妄發，上負恩私。既有司皆以爲可誅，雖明主不得而獨赦。一從吏議，坐廢五年。積憂熏心，驚齒髮之先變；抱恨刻骨，傷皮肉之僅存。近者蒙恩量移汝州，伏讀訓詞，有「人材實難，弗忍終棄」之語。豈獨知免於縲絏，亦將有望於桑榆。但未死亡，終見天日。豈敢復以遲暮爲歎，更生僥覬之心。但以祿廩久空，衣食不繼。累重道遠，不免舟行。自離黃州，風濤驚恐，舉家重病，一子喪亡。今雖已至泗州，而貲用罄竭，去汝尚遠，難於陸行。無屋可居，無田可食，二十餘口，不知所歸，飢寒之憂，近在朝夕。與其強顏忍恥，干求於衆人；不若歸命投誠，控告於君父。臣有薄田在常州宜興縣，粗給饘粥。伏望聖慈，許於常州居住。又恐罪戾至重，未可聽從便安，輒敍微勞，庶蒙恩貸。臣先在徐州日，以河水浸城，幾至淪陷。臣日夜守捍，偶獲安全，曾蒙朝廷降勅獎諭。又嘗選用沂州百姓程棐，購捕凶黨，獲謀反妖賊李鐸、郭廷等一十七人；亦蒙聖恩，保明放罪。皆臣子之常分，無涓埃之可言。冒昧自陳，出於窮迫。庶幾因緣僥倖，功過相除；稍出羈囚，得從所便。重念臣受性剛褊，賦命奇窮。既獲罪於天，又無助於下，怨尤交積，罪惡橫生。羣言或起於愛憎，孤忠遂陷於疑似。中雖無愧，不敢自明。向非人主，獨賜保全，則臣之微生，豈有今日！伏惟皇帝陛下，聖神天縱，文武生知。得天下之英才，已全三樂；躋斯民於仁壽，不棄一夫。勃然中興，可謂盡善。而臣抱百年之永歎，悼一飽之無時。貧病交攻，死生莫保。雖鳧雁飛集，何足計於江湖；而犬馬蓋帷，猶有求於君父。敢祈仁聖，少賜矜憐！』

唐人奏議，用駢文而意無不達者，莫如陸宣公。後人多效之，然高者莫能至，下者無論矣。宋人之作，乃有突過前賢者，如東坡上皇帝書是也。（見前章。）又如荆公本朝百年無事劄子云：『然本朝累世因循末俗之弊，而無親友羣臣之議。人君朝夕與處，不過宦官女子；出而視事，又不過有司之細故；未嘗如古大有爲之君，與學士大夫，討論先王之法，以措之天下也。一切因任自然之理勢，而精神之運，有所不加；名實之間，有所不察。君子非不見貴，然小人亦得廁其間；正論非不見容，然邪說亦有時而用。以詩賦記誦求天下之士，而無學校養民之法；以科名資歷敘朝廷之位，而無官司課試之方。監司無檢察之人，守將非選擇之吏。轉徙之亟，既難於考績；而遊談之衆，因得以亂眞。交私養望者，多得顯官；獨立營職者，或見排沮。故上下偷惰，取容而已。雖有能者在職，亦無以異於庸人。農民壞於繇役，而未見特見救恤；又不爲之設官，以修其水土之利。兵士雜於疲老，而未嘗申敕訓練；又不爲之擇將，而久其疆埸之權。宿衞則聚卒伍無賴之人，而未有以變五代姑息羈縻之俗。宗室則無教訓選舉之實，而未有以合先王親疏隆殺之宜。其於理財，大抵無法。故雖儉約而民不富，雖憂勤而國不彊。賴非夷狄昌熾之時，又無堯、湯水旱之變，故天下無事，過於百年。雖曰人事，亦天助也。』亦沿用當時文體而參以古文筆法者也，則彌爲樸茂矣。蓋宣公究以駢文爲駢文，而蘇王則以古文爲駢文者也。

宋代爲崇實黜華之世，四六一體，頗有厭棄之者。英宗時，温公除翰林學士，以不能爲四六辭，强之乃受。神宗命知制誥，辭如故，神宗許以用散文。今傳家集中，間存四六。原非不能爲者，特不樂爲耳。晁公武讀書志，謂『南豐晚年始居掖垣，屬新官制，除目塡委，占紙肆書，初若不經意。及屬草授吏，所以本法意原職守爲之訓敕者，人人不同。贍裕雅重，自成一家。』今案南豐除授之制，頗有彷漢文爲之，與當時體制絕異者。蓋一時風氣所趨，高明之士，遂不樂爲流俗所限也。（子固弟肇，字子開，第進士，歷九郡，晚居翰林，制誥亦以典雅稱。）

歐蘇而後，駢文漸趨雅淡，惟秦少游設色最爲綺麗。兩宋之世，詩文有齊、梁色采者，淮海一家而已。今錄其文一篇，以見其概。

秦觀「賀元會表」

『十三月爲正，既前稽於夏道；二千石上壽，仍參承於漢儀。盛旦載逢，彝章具舉。伏惟皇帝陛下：財成天地，參竝神明。命羲、和之二官，謹春秋之五始。調和元氣，撫御中區。肆屬春王之朝，肇修元會之禮。雞人呼旦，庭燎有光。外則虎賁羽林，嚴宿衞之列。內則謁者、御史，肅班行之容。漏未盡而車輅陳，蹕既鳴而鼓鐘作。應龍高舉，雲氣畢從。北極上臨，星宿咸拱。受四海之圖籍，拜萬國之衣冠。歲月日時，於焉先正。聲明文物，粲爾可觀。邁康王酆宮之朝，揜高帝長樂之事。藹頌聲而並作，鬱協氣以橫流。臣比遠天光，遽更年籥。職拘藩國，莫瞻龍袞之升；心析宸居，但罇獸折之列。』

南北宋間，以文采擅名者，有王安中，（字履道，中山陽曲人，第進士。政和間，爭言瑞應，羣臣輒表賀。徽宗覽其作，稱爲奇才。他日，出制詔二題，使具草立就。上卽草後，批可中舍人。宣和拜尙書右丞，靖康貶單州，高宗立，徙道州，卒。）綦崇禮，（字叔厚，高密人，徙淮之北海，十歲能作邑人墓銘。登重和元年上舍第，尋拜中書舍人，以寶文閣直學士，知紹興府。退居台州，卒。）孫覿，（字仲益，蘭陵人。大觀三年進士，官終龍圖閣待制。）汪藻（字彥章，饒州德興人。崇寧進士。高宗時，爲中書舍人兵部侍郎。）而藻尤爲諸家之冠。隆祐太后手書，最爲世所稱道（其最精警處曰：『緬惟藝祖之開基，實自高穹之眷命。歷年二百，人不知兵；傳序九君，世無失德。雖舉族有北轅之釁，而敷天同左祖之心。乃眷賢王，越居舊服。已徇羣臣之請，俾膺神器之歸。繇康邸之舊藩，嗣我朝之大統。漢家之厄十世，宜光武之中興；獻公之子九人，惟重耳之尙在。茲惟天意，夫豈人謀。』）他如王倫充通問使制曰：『朕既俯同晉國，用魏絳以和戎；爾其遠慕侯生，御太公而歸漢。』遙賀太上皇表云；『帝堯游汾水之陽，久忘天下。文王遇明夷之卦，益見聖人。』運用故實，皆如彈丸脫手，典雅精切，眞無愧矣。後出最有名者，爲三洪（适，字景伯，鄱陽人，皓長子也。與弟遵同中紹興十二年鴻博。後三年，弟邁亦登是科。遵，字景嚴，邁字景盧，邁學最博，嘗撰容齋隨筆，夷堅志，見第六章。）及周必大，（字子充，廬陵人，紹興進士。又中詞科，相孝宗，封益國公。諡文忠。）樓鑰，（字大防，自號攻媿主人。明州鄞縣人。隆興元年，試南宮，以犯諱當黜。知舉洪遵，奏收寘末甲首。後擢中書舍人，進參知政事，諡宣獻。）陸游，楊萬里，（見下章。）皆以詩名，而四六亦精妙。孫梅稱萬里『屬對出自意外，妙若天成，南宋諸家皆不及。』又謂眞德秀『爾雅深厚；華而有骨，質而彌工。卓然爲南渡一大家。』（眞德秀，字景元，浦城人，慶元進士，中詞科，紹定時，爲參政，謚文忠，世稱西山先生。）案西山爲理學名家。文文山（文天祥，字宋瑞，一字履善，號文山，吉水人。舉進士第一，中詞科。德祐初勤王，拜右丞相。益王時，進左丞相，以都督出兵江西，爲元所執，拘於燕三年不屈死。）謝疊山，（謝枋得，字君直，號疊山，弋陽人，寶祐進士。德祐初，知信州，元兵東下，信州不守，變姓名入閩，宋亡，元人欲起之，不可。強之赴北，不食死。）爲忠義之士，而其四六皆極工。斯時四六之盛，可以見矣。

然南宋之世，四六境界，實亦小有變遷。凡文字，後出者彌巧；亦以巧故，而寖失古意；至於無可復巧，而其變窮矣。李劉，（字公甫，號梅亭，崇仁人，嘉定進士，仕至寶章閣待制。）方岳，（字巨山，號秋崖，歙縣人。紹定進士，爲趙葵參議，後知南康軍。）皆爲四六專家。劉所作，其弟子羅逢吉編輯之，名之曰四六標準。凡四十卷，千有九十六首，可謂宏富矣。四庫提要云：『自六代以來，箋啓卽多駢偶，然其時文體皆然，非以是別爲一格也。至宋而歲時通候，仕宦遷除，吉凶慶弔，無一事不用啓，無一人不用啓；

其啓必以四六，遂於四六之內，別有專門。南渡之始，古法猶存。孫覿汪藻，諸人名篇不乏。迨劉晚出，惟以流麗穩帖爲宗，無復前人之典重。沿波不返，遂變爲類書之外編，公牘之副本，而冗濫極矣。然劉之所作，頗爲隸事精切，措詞明暢。在彼法之中，猶爲寸有所長。故舊本流傳，至今猶在。錄而存之，見文章之中，有此一體，爲別派；別派之中，有此一人爲名家，亦足見風會之升降也。』岳之作曰秋崖集。提要稱其『名言雋句，絡繹奔赴，可與劉克莊相伯仲。』（克莊，字潛夫，號後村。莆田人，淳祐特賜同進士出身。除祕書少監，兼中書舍人。）案克莊與劉，同爲眞西山弟子。西山所作，猶存古意；而克莊及岳，專以修飾詞句見長。洪焱祖作秋崖傳，謂其詩文四六，不用古律，以意爲之，語或天出。其能淸新在此；其彌巧而彌薄，至於窮而無可復變，亦在此矣。今錄洪适及李劉文各一篇，以見南渡初年與末造風氣之大概焉。（南宋末四六，惟陳耆卿所作，頗有渾灝流轉之氣，故葉適深歎賞之。耆卿，字壽老，號篔窗，臨海人，嘉定進士，官至國子監司業。所著篔窗集，四庫有從永樂大典輯本。）

洪适「謝除祕書省正字啓」

『約法三章，初乏刋修之善；聚書四部，遽叨是正之除。仰拜恩私，內深感懼。竊以乘槎向漢，瞻東壁之文星；結綬登機。列西峴之仙籍。是稱美職，以待勝流。蓋將爲選用之階，故聊試校讎之事。惟圖書之錯亂，自古已然；而籤勝之散亡，於今尤甚。幸昭代求遺之既廣，致積年著錄以寖全。多魯論之二篇，類皆紛揉；脫酒誥之一簡，詎免斷殘。豕亥相傳，銀根未定。克稱厥任，亦難其人。如某者，識智卑凡，材資么麼，伏周、孔之軌躅，雖欲自強；漸游、夏之淵源，其如弗及。每省鼠窮之技，敢逃狗曲之嗤。乃刻楮以偶成，致吹竽而濫中。脫州縣一行之吏，裁國家三尺之文。奏篇方冒於殊恩，出綍復榮於華貫。才非七步，已無子墨之可稱；學媿五車，政恐雌黃之妄下。遂竊登瀛之美，更叨入洛之榮。接武英躔，偶棣花之同列；覃思藝圃，庶藜杖之分光。自揆僥逾，率歸推擇。茲蓋伏遇某官經邦道備，致主勛高。巨艦濟川，獨任維持之重；大鈞播物，曲全造化之工。若富家兼積於膜胰，故匠氏不遺於椳闑。致茲瑣質，得進清途。某敢不克己自修，銘心圖報。朝廷既正，固無劉晏之憂；書策在前，遂畢李邕之願。」

李劉「謝董侍郎薦舉啓」

『隨驃騎之幕，濫備執鞭。剡公車之章，遽蒙推轂。心感恩於破白，面抱愧而發紅。茲伏念：某秉生多艱，從宦尤拙。貴人令其出門下，既不善於步趨；大夫羅而致幕中，亦倍勤於收拾。豈謂半年之內，復爲千里之行。治法征謀，紛紛未定。幕籌檄筆，碌碌無奇。然白日實照其精誠，則赤雲可占於勝氣。況值匈奴百年之運，必復春秋九世之讎。颷犀札而咤犛旄，在此行矣。對龍額而獵麟角，竊有望焉。曾未輸橫草之勞，何遽辱釆蘋之薦？乏吳下阿蒙之學，顧曰淹該；無江南子有之詞，反云典麗。裨益之功甚寡，奬予之賚何多？伏遇某官以社稷臣爲詩書帥。孤忠可貫於日月，至誠足達於天淵。一鶴一琴，人皆望淸獻之出。萬牛萬甕，賊必待崇文之擒。佇觀十乘之行，大作三軍之氣。繫單于之頸，慰祖宗在天之靈；犂匈奴之庭，爲蠻夷猾夏之戒。於以侈旂常之績，歸而策鼎鼐之勳。凡在紅蓮綠水之間，必入赤箭青芝之用。某敢不力磨其鈍，圖稱所蒙。插羽銘山，敢衒文章之小技；冶金伐石，願歌竹帛之大功。」

南宋四六，作手極多。以上所舉，特其最著者。即如岳飛賀和議成一表，最爲膾炙人口。陳振孫謂「其詞未必己出」，而其作者則已不可知。知此等無名之作家尙多也。

第四章　宋代之詩

今人論詩之派別者，不曰唐，則曰宋，無曰元、明、清者。以唐、宋詩各有特色，能自成一派。而自元以降，則非學唐卽學宋，卒未能別成一派，與唐宋鼎足而三也。唐、宋詩相較，自以唐詩爲勝。以唐詩意在言外，而宋詩意盡句中。唐詩多寓情於景，宋詩或舍景言情，詩以温柔敦厚爲宗，自以含蓄不盡爲貴。宋詩非不佳，若與唐詩竝觀，則覺其傖父氣矣。然宋之變唐，亦有不得不然者。無論何種文字，皆貴戛戛獨造，而賤陳陳相因。唐詩初、盛、中、晚，各擅勝場。在彼境界之中，業已發洩殆盡，率此而往，其道則窮。故宋人別闢一境界。雖不能如唐詩之渾厚，然較諸因襲唐人，有其形而無其質者，則有閒矣。試以後來貌學唐人者，與宋詩比較自知。故宋詩者，實能卓然自立於唐詩之外，而不爲之附庸者也。（論詩以唐宋分界，實亦約略之詞。若細別之，則當以初唐爲一境界，盛唐爲一境界，中晚唐爲一境界，宋自慶曆以後，又爲一境界。宋詩較之初盛唐則薄，較之中晚唐則有振起之功。）

宋詩之能卓然自立，在慶曆時、若其初年，則仍沿中晚唐餘韻。九僧及西崑是也。九僧者，曰劍南希晝、金華保暹，南越文兆，天台行肇，沃州簡長，青城惟鳳，江東宇昭，峨眉懷古，淮南惠崇。其詩流傳不久，故歐公六一詩話，已只記惠崇而忘其餘八人之名。明末毛晉得宋本刻之而九僧詩，乃獲流傳。方虛谷（名回，字萬里，歙人。景祐進士。守嚴州，降元）謂九僧詩皆學賈島，周賀。清紀昀則謂源出中唐，乃十子之餘響。案古人心力所在，恆與之融化而不自知。惠崇有『河分岡勢斷，春入燒痕青』之句。或嘲之曰『河分岡勢司空曙，春入燒痕劉長卿。不是師兄多犯古，古人詩句犯師兄。』可見其神與十子會。紀氏之言，洵不誣矣。詩自大曆以後，始有佳句可摘。較盛唐之妥帖排奡，初唐之一氣渾成，不可同日語矣。惠崇有自撰句圖，摘其佳句，刊石長安（見六一詩話，）亦其詩境不出中晚之證。然九僧詩皆清鍊，較之限於晚唐者，確有不同也。今錄希晝詩一首，以見其概。

希晝「寄懷古」

『見說鵰陰僻，人煙半雜羌。秋深邊日短，風勁曉笳長。樹勢分孤壘，河流出遠荒。遙知林下客，吟苦夜禪忘。』

九僧而後，風靡一時者爲西崑體。西崑體以西崑酬唱集得名。集爲楊億所編。載億及劉筠，錢惟演，（字希聖吳越王俶次子。眞宗時，知制誥，爲翰林學士。仁宗時，拜樞密使。）李宗諤，（昉子，字昌武，第進士。繼昉居三館，掌兩制。）陳越，（字損之，尉氏人。眞宗時，爲著作佐郎，直史館，遷右正言。）李維，（字仲方，肥鄉人。進士，直集賢院，陳州觀察使。）劉隲，刁衎，（字完賓，上蔡人。南唐祕書郎。歸宋，至兵部郎中。）任隨，張詠，（字復之，號乖崖，鄄城人。太平興國進士，爲樞密直學士，嘗兩知益州。）錢惟濟，（俶六子，字巖夫，仁宗時，爲武昌軍節度觀察留後。）丁謂，舒雅，（字子正，旌德人。南唐進士。歸宋，爲祕閣校理，出知舒州。）晁迥，（字明遠，清豐人。太平興國進士。眞宗時，爲工部尚書。）崔遵度，（字堅白，江陵人，徙淄川。太平興國進士。吏部郎中。）薛映，（字景陽，家於蜀。進士。仁宗時，集賢院學士。）劉秉十七人之作。皆學李義山，不免求工於字句，對仗，遂爲世所詬病。然此亦末流之失，未可盡咎億等。六一詩話曰：『自西崑集出，時人爭效之，詩體一變。先生老輩，患其多用故事，至於語僻難曉。殊不知自是學者之弊。如子儀新蟬云：「風來玉宇烏先轉，露下金莖鶴未知。」雖用故事，何害爲佳句？又如「峭帆橫渡官橋柳，疊鼓驚飛海岸鷗。」不用故事，又豈不佳乎？』自是公論。

楊億「漢武」

『蓬萊銀闕浪漫漫，弱水迴風欲到難。光照竹宮勞夜拜，露摶金掌費朝餐。力通青海求龍種，死諱文成食馬肝。待詔先生齒編貝，忍令索米向長安。』

劉筠「柳絮」

『半減依依學轉蓬，斑騅無奈恣西東。平沙千里經春雪，廣陌三條盡日風。北斗城高連蠛蠓，甘泉樹密蔽青葱。漢家舊院眠應足，豈覺黃金萬縷空。』

此外徐鉉詩學元白；寇準（字平仲，下邽人，太平興國三年進士。三入相，封萊國公，諡忠愍。）林逋，（字君復，錢塘人。隱於西湖之孤山，賜諡和靖先生。）魏野，（字仲先，蜀人，徙陝州。眞宗召之，不起。）潘閬，（大名人，晁公武讀書志云：字逍遙。江少虞事實類苑則謂其「自號逍遙子。」太宗時，召對，賜進士第。後坐事亡命，眞宗捕得之，赦其罪，以爲滁州參軍。）學晚唐，皆出於西崑之外者。而王禹偁詩學少陵，宋詩鈔稱其『獨開有宋風氣之先，而後歐公得以承流而接響』，雖骨力未宏，要不可謂非豪傑之士也。（宋初學晚唐者，林逋詩格，最爲清俊。其宿洞霄宮云：「秋山不可畫，秋思亦無垠。碧澗流紅葉，青林點白雲。涼陰一鳥下，落日亂蟬分。此夜芭蕉雨，何人枕上聞？」通首一氣，非徒於字句求工也。臨終詩云：『茂陵他日求遺稿，猶喜曾無封禪書。』氣骨亦極高峻。世徒賞其『雪後園林纔半樹，水邊籬落忽橫枝』等句，未免失之於淺矣。

宋詩之能卓然自立者，始於蘇梅。（梅堯臣，字舜俞，宣城人，官屯田員外郎。）六一詩話云：『子美筆力豪雋，以超邁雄絕爲奇；聖俞覃思精微，以深遠閒淡爲意；雖善論者不能優劣也。』此誠然。然以功力言之，則聖俞之蘊釀深厚，似非子美所及。聖俞嘗謂『詩家必能狀難寫之景，如在目前；含不盡之意，見於言外，然後爲至。』誠哉其能自踐其言也。

蘇舜欽「滄浪懷貫之」

「滄浪獨步亦無悰，聊上危臺四望中。秋色入林紅黯淡，日光穿竹翠玲瓏。酒徒漂落風前燕。詩社凋零霜後桐。君又暫來還徑去，醉吟誰復伴衰翁。」

梅堯臣「夢後寄歐陽永叔」

「不趁常參久，安眠向舊溪。五更千里夢，殘月一城雞。適往言猶是。浮生理可齊。山王今已貴，肯聽竹禽啼。』

歐公詩亦學昌黎，參以李杜。『始矯崑體，專以氣格爲主。』（石林詩話語。）而其平易疏暢；骨力雖峻，而絕無艱深滯澀之病，則亦如其文然學古人之精神，而不襲其形貌也。詩自中晚唐而降，遞變而日趨於薄。至於慶曆之世，可謂其道已窮。歐公等專主氣格，實係轉而法盛唐。法盛唐而能遺貌取神，卽能自拓一境界，而不爲唐人所囿矣。今錄歐公得意之作明妃曲一首如左：

歐陽修「明妃曲」

『胡人以鞍馬爲家，射獵爲俗。泉甘草美無常處，鳥驚獸駭爭馳逐。誰將漢女嫁胡兒，風沙無情貌如玉。身行不遇中國人，馬上自作思歸曲。推手爲琵卻手琶，胡人共聽亦咨嗟。玉顏流落死天涯，此曲卻傳來漢家。漢宮爭按新聲譜，遺恨已深聲更苦。纖纖女手生洞房，學得琵琶不下堂。不識黃雲出塞路，豈知此聲能斷腸。』

荊公詩文，皆有天授，殆非人力所及。吳之振云：『安石少以意氣自許，故詩語惟其所向不復更爲含蓄。後從宋次道盡假唐人詩集，博觀而約取。晚年，始悟深婉不迫之趣。然其精嚴深刻，皆步驟老杜而得。而論者謂其有工致，無悲壯，讀之久則令人格拘而筆退。余以爲不然。安石遣情世外，其悲壯卽寓閒澹之中。獨是議論過多，亦是一病爾。』案荆公少年所謂惟其所向者足見天骨之開張；其晚年之深婉不迫，則工力深而益趨於醇厚也。今錄其古近體詩數首，以見其概。

明妃曲

「明妃初出漢宮時，淚溼春風鬢脚垂。低徊顧影無顏色，尙得君王不自持。歸來卻怪丹青手，入眼平生幾曾有。意態由來畫不成，當時枉殺毛延壽。一去心知更不歸，可憐著盡漢宮衣。寄聲欲問塞南事，只有年年鴻雁飛。家人萬里傳消息，好在氈城莫相憶。君不見咫尺長門閉阿嬌，人生失意無南北。」

江上

「江水漾西風，江花脫晚紅。離情被橫笛，吹過亂山東。」

悟眞院

「野水縱橫漱屋除，午窗殘夢鳥相呼。春風日日吹香草，山北山南路欲無。」

北宋之世，擅詩名者，無如坡公。荊公之格高，而坡公之才大，殆可謂之雙絕。然爲後人所宗法，則坡公尤勝於荊公也。趙甌北云：『以文爲詩，自昌黎始，至東坡益大放厥詞，別開生面。』此語最能道出蘇詩特色。蘇詩之才力橫絕，無所不可，誠非餘子所及。其或放而不收，病亦即伏於此。短長恆相因也。今錄兩首於左，皆最足見蘇詩之特色者。

寄劉孝叔

『君王有意誅驕虜，椎破銅山鑄銅虎。聯翩三十七將軍，走馬西來各開府。南山伐木作車軸，東海取鼉漫戰鼓。汗流奔走誰敢後，恐乏軍興汙資斧。保甲連村團未徧，方田訟牒紛如雨。爾來手實降新書，抉剔根株窮脈縷。詔書惻怛信深厚，吏能淺薄空勞苦。平生學問止流俗，衆裏笙竽誰比數。忽令獨奏鳳將雛，倉卒欲吹那得譜。況復連年苦饑饉，剝齧草木啖泥土。今年雨雪頗應時，又報蝗蟲生翅股。憂來洗盞欲强醉，寂寞虛齋臥空甒。公廚十日不生煙，更望紅裙踏筵舞？故人屢寄山中信，祇有當歸無別語。方將雀鼠偸太倉，未肯衣冠挂神武。吳興文人眞得道，平日立朝非小補。自從四方冠蓋鬧，歸作二浙湖山主。高蹤已自雜漁釣，大隱何曾棄簪組？去年相從殊未足，問道已許談其粗。逝將棄官往卒業，俗緣未盡那得覿。公家只在霅溪上，上有白雲如白羽。應憐進退苦皇皇，更把安心教初祖。』

八月七日初入贛，過皇恐灘

『七千里外二毛人，十八灘頭一葉身。山憶喜歡勞遠夢，地名皇恐泣孤臣。長風送客添帆腹，積雨浮舟減石鱗。便合與官充水手，此生何止略知津。（自注：『蜀道有錯喜歡鋪，在大散關上。』）

蘇門諸子，多能爲詩。其中秦少游詩最婉麗，不脫淸華之色。（四庫提要：『苕溪漁隱叢話載蘇軾薦觀於王安石。安石答書，述葉致遠之言，以爲淸新婉麗，有似鮑、謝。敖陶孫詩評則謂其詩如時女步春，終傷婉弱。元好問論詩絕句，因有女郎詩之譏，今觀其集，少年所作，神鋒太儁，或有之；概以爲靡曼之音，則詆之太甚。呂本中童蒙訓曰：「少游雨砌墮危芳，風櫺納飛絮之類，李公擇以爲謝家兄弟，不能過也。過嶺以後詩，高古嚴重，自成一家，與舊作不同。」斯公論矣。』）○遺山論詩絕句曰：『有情芍藥含春淚，無力薔薇臥晚枝。拈出退之山石句，始知渠是女郎詩。』）張文潛晚務平澹，效白樂天。（史稱其『詩效白居易，樂府效張籍。』）故東坡謂『秦得吾工，張得吾易』也。晁無咎學杜，風格峻上。陳無己詩最艱苦，山谷詩所謂『閉門覓句陳無己』者也。而其爲後人所宗法者，要莫如山谷。

論山谷詩者毀譽各有過當。東坡仇池筆記謂『山谷詩如蝤蛑江瑤柱，盤餐盡廢，然不可多食。多食則發風動氣。』形容最妙。而金王若虛謂『山谷之詩，有奇而無妙，』尤爲一語中的。後人學之，至於生硬晦澀，了無意味，固學者之過，亦其「無妙」者有以啓之。雖不妙，其奇要不可沒也。此當爲山谷之定評矣。

秦觀「次韻子由題摘星亭」

『崑崙左右兩招提，中起孤高雉堞西。不見燒香成宿霧，虛傳裁錦作障泥。螢流花苑飛星亂，蕪滿春城綠髮齊。長憶憑闌風雨後，斷虹明處海天低。』

張來「牧牛兒」

『牧牛兒，遠陂牧，遠陂牧牛芳草綠，兒怒掉鞭牛不觸。澗邊柳古南風清，麥深蔽目田野平。烏犍礪角逐草行，老牸臥噍饑不鳴。犢兒跳梁沒草去，隔林應母時一聲。老翁念兒自擔餉，出門先上岡頭望。日斜風雨濕蓑衣，拍手唱歌尋伴歸。遠村放牧風日薄，近村牧牛泥水惡。珠璣燕趙兒不知，兒生但知牛背樂。』

晁補之「和關彥遠」

『海中羣魚化黃雀。林鳥移巢避歲惡。鄴王城上秋風驚。昔時城中鄴王第，只今蔓草無人行。但見黃河咆哮奔碣石，秋風吹灘起沙礫。翩翩動衣裳，遊水悲故鄉。忽憶若耶溪頭采薪鄭巨君。南風溪頭曉，北風溪頭昏。一行作吏此事便廢。夢中葉落，覺有歸意。歸與歸與吾黨成斐然。君今生二毛，我亦非少年。胡爲車如雞栖鄴城裏。朝風吹馬鬃莫風吹馬尾？與人三歲居，如何連屋似千里？我則不狂；曾謂吾狂。不吾知，亦何傷。安能戶三尺喙家一吭？人亦有言，人各有志。呑若雲夢者八九，長劍耿介倚天外。有如陳仲擧，庭宇亦不治。吾乃今知貴不若賤無憂，富不若貧無求。負日之煥吾重裘；芹子之飫吾食牛；心戰故臞得道故肥吾封侯。匹夫懷璧將誰尤？歸與歸與？豈無揚雄宅一區。舍前青山木扶疏，舍後流水有菰蒲。今我不樂日月除，尺則不足寸有餘。七十二鑽莫能免豫且。無所可用乃有百歲樗。龔生竟夭天年非吾徒。』

陳師道「次韻李推節九日登高」

『平林廣野騎臺荒山寺鳴鐘報夕陽。人事自生今日意，寒花只作去年香。巾欹更覺霜侵鬢，語妙何妨石作腸？落木無邊江不盡，此身此日更須忙？』

黃庭堅「戲贈彥深」

『李髯家徒四壁立，未嘗一飯能留客。春寒茅屋交相風，倚牆捫蝨讀書策。老妻甘貧能養姑，寧翦髮鬟不典書。大兒得餐不索魚，小兒得袴不索襦。庾郎鮭菜二十七，太常齋日三百餘。上一分膰一飽飯，藏神夢訴羊蹴蔬。世傳寒士有食籍，一生當飯百甕葅。冥冥主張審如此，附郭小圃宜勤鉏。葱秧青青葵甲綠，早韭晚菘羹糝熟。充虛解戰賴湯餅，茗以蔯虀與甘菊。幾日憐槐已著花，一心咒筍莫成粥。羣兒笑髯窮百巧，我謂勝人飯重肉。羣兒笑髯不若人，我獨愛髯無事貧。君不見猛虎即人厭麋鹿，人還寢皮食其肉。濡須終與豕俱焦，飫肥食甘果非福。蟲蟻無知不足驚，橫目之民萬物靈。請食熊蹯楚千乘，立死山壁漢公卿。李髯作人有佳處，李髯作詩有佳句。雖無厚祿故人書，門外猶多長者車。我讀揚雄逐貧賦，斯人用意未全疏。』

黃庭堅「登快閣」

『癡兒了卻公家事，快閣東西倚晚晴。落木千山天遠大，澄江一道月分明。朱絃已爲佳人絕，青眼聊因美酒橫。萬里歸船弄長笛，此心吾與白鷗盟。』

東坡流輩能詩者，尙有清江三孔（文仲字經父，武仲字常父；平仲，字毅父；新淦人。嘉祐、治平中，相繼登進士第。文仲仕至中書舍人，武仲至禮部侍郎，平仲至金部郎中。）及文與可（名同，蜀人。第進士。仕至太常博士集賢校理。元豐初出守湖州，道卒。）三孔詩文仲新奇，武仲幽峭，平仲夭矯孤警，在當日極負盛名。與可爲東坡中表。東坡稱其有四絕：詩一，楚辭二，草書三，畫四也。然其餘藝，皆爲畫名所掩。

孔武仲「瓜步阻風」

『昨日焚香謁聖母，青山鞠躬如負弩。但乞天開萬里明，掃去浮雲戢風雨。謂宜言發卽嚮報，豈知神不聽我語？門前白浪如銀山，江上狂風如怒虎。船癡觸硬不能拔，未免棲遲傍洲渚。輕盈但愛白鷗飛，顚頓可憐芳草舞。三江、五湖歷已盡，勢合平夷反齟齬。上水歌呼下水愁，北船縈絆南船去。寄言南船莫雄豪，萬事低昂如桔槹。我當賣劍買牲牢，再掃靈宇陳肩尻，黃金壺樽沃香醪，神喜借以南風高揚帆，拍手笑爾曹。不知流落何江皐，荒洲寂寥聽怒號。」

孔平仲「八月十六日翫月」

『團團冰鏡吐清暉。今夜何如昨夜時？只恐月光無好惡，自憐人意有盈虧。風摩露洗非常潔，地闊天空是處宜。百尺曹亭吾獨有，更教玉笛倚欄吹。』

文同「望雲樓」

『巴山樓之東，秦嶺樓之北。樓上捲簾時，滿樓雲一色。』

江西詩派之說，起自呂居仁。居仁，名本中，好問子，祖謙其孫也。居仁作江西詩社宗派圖。自山谷而下，列陳師道，潘大臨，（字邠老，黃岡人。）謝逸，（字無逸，號溪堂，臨川人。）洪芻，（字駒父，朋之弟，靖康中仕至諫議大夫。後謫沙門島以卒。）饒節，（字德操，撫州人。後爲僧，號倚松道人。陸放翁稱爲當時詩僧第一。）僧祖可，徐俯，（字詩川，分宜人。獨醒雜識謂汪藻之詩，得之徐俯，俯得之其舅黃庭堅。）洪朋，（字龜父，南昌人。山谷之甥。與弟芻、炎、羽，號爲四洪。）林敏修，（敏功弟。）洪炎，（字玉父。元祐末進士。仕至祕書少監。）汪革，（字信民，臨川人。紹聖進士。）李錞，韓駒，（字子蒼。蜀仙井監人。

政和中，召試，賜進士出身，累除中書舍人，出知江州。）李彭，（字商老，建昌人。）晁沖之，（字叔用，號具茨，開封人。）江端本（字之開，開封人。）楊符，謝邁，（逸弟，字幼槃，號竹友。）夏媿，（字均父，蘄人。）林敏功，（字子仁，蘄春人。）潘大觀，（字仲達，大臨弟。）何顒，（字人表。）王直方，僧善權，高荷，（字子勉，自號還還先生，京西人。元祐太學生，晚爲童貫客，得蘭州通判以終。）二十五人，而以己爲殿。其序云：『唐自李、杜之出，焜耀一世，後之言詩者，皆莫能及。至韓、柳、孟郊、張籍諸人，激昂奮厲，終不能與前作者竝。元和至國朝，歌詩之作，多依效舊文，未盡所趣。惟豫章始大而力振之，抑揚反復，盡兼衆體。而後學者同作竝和，雖體制或異，要皆所傳者一。予故錄其名字，以遺來者。』漁隱叢話謂『豫章自出機杼，別成一家，清新奇巧，是其所長。若言抑揚反復，盡兼衆體，則非也。元和至今，騷翁墨客，代不乏人。觀其英詞傑句，眞能發明古人所不到處，卓然成立者甚衆。若言多依舊文，未盡所趣，又非也。所列二十五人，其間知名之士，有詩句傳於世，爲時所稱道者，止數人而已。其餘無聞矣。居仁此圖之作，選擇弗精，議論不公，予是以辯之。』劉後村亦云：『宗派圖中，如陳后山，彭城人；韓子蒼，陵陽人；潘邠老，黃州人；夏均父，二林，蘄人；晁叔用，江之開，開封人；李商老，南康人；祖可，京口人；高子勉，京西人；皆非江西人也。同時如曾文清，乃贛人，又與紫薇公以詩往還，而不入派，不知紫薇去取之意云何？惜當日無人以此叩之。」案此圖爲居仁少日游戲之作，原不能據爲定評。然蘇、黃詩派，確能牢籠一代，而爲宋詩之特色，則不可誣也。（此爲宋詩，其他皆與唐相出入。）今錄居仁及宗派圖中人詩數首於左。

呂本中「讀書」

「老去有餘業，讀書空作勞。時聞夜蟲響，每伴午雞號。久靜能忘病，因行得出遨？胡爲有百苦，膏火自煎熬。」

呂本中「海陵病中」

「病知前路資糧少，老覺生平事業非。無數青山隔滄海，與誰同往卻同歸？」

謝逸「寄隱居士」

「處士骨相不封侯，卜居但得林塘幽。家藏玉唾幾千卷，手校韋編三十秋。相知四海孰青眼？高臥一麾今白頭。襄陽耆舊節獨苦，只有龐公不入州。」

韓駒「和李上舍冬日書事」

『北風吹日晝多陰，日暮擁階黃葉深。倦鵲遶枝翻凍影，飛鴻摩月墮孤音。推愁不去如相覓，與老無期稍見侵，願藉微官少年事，病來那復一分心？』

晁冲之「書懷寄李相如」

『秋風吹畦蔬，農事亦已闌，黃黃杞下菊，佳色尸冢閒。我生復何如？憔悴常照顏，清晨戴星出。薄暮及日還。骯髒二十載，老髮羞儒冠。天末有佳人，秀擢如芝蘭。憮然念夙昔，風流得餘歡。緬想蒲柳姿，與君同歲寒。一別事瓦裂，令人氣如山。』

江西流派衍於後者，則由曾吉甫以啓南渡四大家，其最著者也。（曾幾，字吉甫，贛人，徙居河南，高宗時官浙西提刑。以忤秦檜去位，居上饒之茶山，自號茶山居士。）吉甫詩風骨高騫，而含蓄深遠。昔人稱其介乎豫章、劍南之閒。蓋有山谷之清新，而能變其生硬者。（放翁爲吉甫墓志，謂其詩以杜甫、黃庭堅爲宗。）四大家者：曰尤、楊、范、陸。（方回尤袤詩跋：『中興以來言詩者，必曰尤、楊、范、陸。』尤袤，字延之，無錫人。光宗時，爲禮部尚書。楊萬里，字廷秀，號誠齋，吉水人。孝宗時，仕爲祕書監。范成大，字致能，號石湖居士，吳縣人。孝宗時參知政事。陸游，字務觀，號放翁，山陰人。孝宗時，除樞密院編修。後出知衢、嚴二州。）尤詩平淡雋永，於律尤勝。惜所傳無多。楊詩才力最健。間雜俚語，殊見天機。石湖才調之健，不及誠齋，而亦無誠齋之粗豪。氣象闊大不及放翁，而亦無放翁之科臼。蓋其初年，實沿溯中唐而下，故能追溯蘇、黃，約以婉峭，自成一家也。然四家之中，要以放翁爲第一；於七律尤縱才力所至，爲古今所不及。

曾幾「謝人分餉洞庭柑」

『黃柑分似得嘗新，坐我松江震澤濱。想見霜林三百顆，夢成羅帕一雙珍。流雲噀霧眞成酒，帶葉連枝絕可人。莫向君家樊素口，瓠犀微齴遠山顰。』

尤袤「入春半月未有梅花再用前韻」

『立馬黃昏遶曲池，幾回踏雪問南枝。不應春到花猶未，定恐寒侵力不支。隴上已驚傳信晚，樽前只想弄粧遲。臨風不語空歸去，獨立無憀自詠詩。』

楊萬里「辛亥元日送張德茂自建康移帥金陵」

『西湖一別忽三年，白首相從豈偶然。到得我來君恰去，正當臘後與春前。醉餘犯雪追征帽，送了凭欄望去船。待把衣冠挂神武，看渠勳業上凌煙。』

范成大「初歸石湖」

『曉霧朝暾紺碧烘，橫塘西岸越城東。行人半出稻花上，宿鷺孤明菱葉中。信脚自能知舊路，驚心時復認鄰翁。當時手種斜橋柳，無限鳴蜩翠掃空。』

陸游「黃州」

『局促嘗悲類楚囚，遷流還歎學齊優。江聲不盡英雄恨。天意無私草木秋。萬里羈愁添白髮。一帆寒日過黃州。君看赤壁終陳迹，生子何須似仲謀？』

陸游「游山西村」

『莫笑農家臘酒渾，豐年留客足雞豚，山重水複疑無路，柳暗花明又一村。簫鼓追隨春社近，衣冠簡朴古風存。從今若許閒乘月，拄杖無時夜叩門。』

陸游「書憤」

『早歲那知世事艱，中原北望氣如山。樓船夜雪瓜洲渡，鐵馬秋風大散關。塞上長城空自許，鏡中衰鬢已先斑。出師一表眞名世，千載誰堪伯仲間？』

陸游「新夏感事」

『百花過盡綠陰成，漠漠鑪煙睡晚晴。病起兼旬疏把酒，山深四月始聞鶯。近傳下詔通言路，已卜餘年見太平。聖主不忘初政美，小儒惟有涕縱橫。』

自宗派圖出後，至宋末而方回撰瀛奎律髓，『選唐宋二代之詩，分爲四十九類，所錄皆五七言近體，故名律髓。）又有一祖三宗之說。一祖者杜陵；三宗者，山谷，無己，及陳簡齋也。（陳與義，字去非，號簡齋，洛陽人。紹興時爲參政。）簡齋生少晚，故宗派圖不之及。然靖康以後，北宋詩人略盡，而簡齋巋然獨存，實爲蘇、黃一派之後勁。其詩雖亦學蘇黃，而實以老杜爲師，故能『以簡嚴掃繁縟，以雄渾代尖巧，』『第其品格，實在同時諸家之上。』（劉後村語。）惟長篇少弱耳。

陳與義「夏日集葆眞池上以綠陰生晝靜賦詩得靜字」

『清池不受暑，幽討起予病。長安車轍邊，有此荷萬柄。是身惟可懶，共寄無盡興。魚游水底涼，鳥語林間靜。談餘日亭午，樹影一時正。清風不負客，意重百金贈。聊將兩鬢蓬，起照千丈鏡。微波喜搖人，小立待其定。梁王今何許？柳色幾衰盛？人生行樂耳，詩律已其賸。邂逅一尊酒，他年五君詠。重期踏月來，夜半嘯煙艇。」

理學家謂文以載道，以華而無實爲大戒，於文尙不求其工，況於詩乎？然理之所至，時或發之於詩，亦有別趣，如邵堯夫之擊壤集是也。（四庫提要：『自班固作詠史詩，始兆論宗。東方朔作誡子詩，始涉理路。沿及北宋，鄙唐人之不知道，於是以論理爲本，以修詞爲末，而詩格於是乎大變，此集其尤著者也。朱國楨湧幢小品曰：『佛語衍爲寒山詩，儒語衍爲擊壤集，此聖人平易近人，覺世喚醒之妙用，』是亦一說。然北宋自嘉祐以前，厭五季佻薄之弊，事事反樸還淳。其人品，率以光明豁達爲宗。其文章，亦以平實坦易爲主。故一時作者，往往衍長慶餘風。邵子之詩，其源亦出白居易，而晚年絕意世事，不復以文字爲長意所欲言，自抒胸臆。原脫然於詩法之外。毀之者務以聲律繩之，固所謂繆傷海鳥，橫斥山木。譽之者以爲風雅正傳，轉相摹放，亦爲刻畫無鹽，唐突西子，失邵子之所以爲詩矣。況邵子之詩，不過不苦吟以求工，亦非以工爲厲禁。如邵伯温聞見前錄所載安樂窩詩曰：「半記不記夢覺後，似愁無愁情倦時。擁衾側臥未欲起，簾外落花撩亂飛。」此雖置之江西派中，有何不可？而明人乃惟以鄙俚相高，又烏知邵子哉？』）南渡以後，理學家能爲歌詩者，以朱子之父喬年，及劉屏山（名子翬，字彥冲，崇安人。韐子，子羽弟也。朱子以父遺命嘗稟學焉）爲最著。（屏山與呂居仁，曾茶山，韓子蒼遊。詩境清遠，絕似劉長卿。）至朱子，則學力深厚，且遊心漢、魏，一以雅正爲宗。固非凡豔所能儔，尤非樸塞者所可擬矣。（朱子嘗言：『欲抄取經史諸書所載韻語，及文選漢、魏古詞，以盡乎郭景純陶淵明之所作，自爲一編。而附於三百篇楚辭之後，以爲詩之根本準則。又於其下二等之中，擇其近於古者，各爲一編，以爲之羽翼與衞。其不合者，則悉去之，不使其接於耳目，入於胸次。要使方寸之中，無一字世俗言語意思，則其詩不期於高遠而自高遠矣。』案此言頗能通觀古今，不徒別裁僞體也。）

邵雍「插花吟」

『頭上花枝照酒巵，巵中有好花枝。身經兩世太平日，眼見四朝全盛時。況復筋骸粗康健，那堪時節正芳菲。酒涵花影紅光溜，爭忍花前不醉歸？』

朱松「答林康民見和梅花詩」

『寒巖入家碧溪尾，一樹江梅臥清泚，仙姿不受凡眼汙，風斂天香瘴煙裏。向來休沐偶無事，誰從我游二三子。彎碕曲逕一攜手，凍雀驚飛亂英委。班荊勸客小延佇，酌酒賦詩相料理。多情入骨憐風味，依倚橫斜嚼冰蕊，至今清夢掛殘月，强作短歌傳素齒。韻高常恨向難稱，賴有君詩清且美。天涯歲晚感鄉物，歸歟何時路千里。柁樓一笛雪漫空，回首江皐淚如洗。』

劉子翬「聞箏」

『月高夜鳴箏，聲從綺牕來。隨風更迢遰，縈雲暫徘徊。餘音若可玩，繁絃互相催。不見理箏人，遙知心所懷：寧悲舊寵棄？豈念新期乖？含情鬱不發，寄曲宣餘哀。一彈飛霜零，再撫流光頹。每恨聽者希，銀甲生浮埃。幽幽孤鳳鳴，衆鳥聲難諧。盛年嗟不偶，況乃容華衰？道同符片諾，志異勞百媒。栖栖牆東客，亦抱凌雲才。』

朱熹「六月十五詣水公庵雨作」

『雲起欲爲雨，中川分晦明。纔驚橫嶺斷，已覺疎林鳴。空際旱塵滅，虛堂涼思生。頹簷滴瀝餘。忽作流泉傾。況此高人居，地偏園景清。芳馨雜峭蒨，俯仰同鮮榮。我來偶茲適，中懷澹無營。歸路綠泱漭，因之想巖耕。』

朱熹「九日登天湖以菊花須插滿頭歸分韻賦詩得歸字」

『去歲瀟湘重九時，滿城寒雨客思歸。故山此日還佳節，黃菊淸尊更晚暉。短髮無多休落帽，長風不斷且吹衣。相看下視人寰小，祇合從今老翠微。』

朱熹「泛舟」

『昨夜江邊春水生，艨艟巨艦一毛輕。向來枉費推移力，此日中流自在行。』

永嘉、永康兩派，較重文辭。永嘉後學，以文名者尤多。水心之學，於伊、洛最多異同。而其詩亦宗法晚唐，卓然自立於江西派之外。豪傑之士，固不隨風氣爲轉移哉？水心之後有四靈，（徐照，字道輝，一字靈輝。徐璣，字文淵，一字致中，號靈淵。翁卷，字續古，一字靈舒。趙師秀，字紫芝，一字靈秀。皆永嘉人。人以其字號皆有靈字，稱之爲永嘉四靈。）詩格皆淸而不高，稍開江湖集一派矣。

葉適「游小園不値」

『應嫌屐齒印蒼苔，十叩柴扉九不開。春色滿園關不住，一枝紅杏出牆來。』

徐璣「春日游張提舉園池」

『西野芳菲路，春風正可尋。山城依曲渚，古渡入修林。長日多飛絮。遊人愛綠陰。晚來歌吹起，惟覺畫堂深。』

趙師秀「巖居僧」

『開扉在石層，盡日少人登。一鳥過寒木，數花搖翠籐。茗煎冰下水，香炷佛前燈。吾亦逃名者，何因似此僧？』

江湖集者，宋末陳起所刻。起，字宗之，臨安人。設書肆於睦親坊。世所傳宋本書稱『臨安陳道人家開雕』者是也。起亦能詩，一時江湖詩人多與之善。乃彙所得刊爲是書在當時蓋隨得隨刻，故世所傳本名稱猥多，卷帙多少亦不一。四庫據以著錄之本凡九十五卷六十二家。又據永樂大典所載，爲是本所無者，輯爲江湖後集。凡四十七家。又詩餘二人，都四十九家。（其名俱見四庫提要）提要曰：方回『瀛奎律髓』曰：「寶慶初史彌遠廢立之際，錢塘書肆陳起宗之能詩。凡江湖詩人俱與之善。刊江湖集以售。劉潛夫南岳稾亦與焉。宗之賦詩有云：秋雨梧桐皇子府。春風楊柳相公橋。本改劉屏山句也。或嫁秋雨春風句爲敖器之所作。言者併潛夫梅詩論列。劈江湖集板，二人皆坐罪，而宗之坐流配。於是詔禁士大夫作詩。紹定癸巳，彌遠死，詩禁乃解」今此本無劉克莊、南岳稾。且彌遠死於紹定六年，而此本諸集，多載端平、淳祐、寶祐紀年反在其後。又張端義貴耳集自稱其輓周晉仙詩，載江湖集中，而此本無端義詩。又周密齊東野語「載寶慶間，李知孝爲言官，與曾極景建有隙，欲尋釁以報之。適極有春詩曰九十日春晴日少一千年事亂時多。刊之江湖集中。因復改劉子翬汴京紀事一聯云：秋雨梧桐皇子宅，春風楊柳相公橋，以爲指巴陵及史丞相。及劉潛夫黃巢戰場詩曰未必朱三能跋扈，只緣鄭五欠經綸。皆指爲謗訕，同時被累者，如敖陶孫、周文璞、趙師秀，及刊詩陳起，皆不免焉」而此本無曾極詩，亦無趙師秀詩。且洪邁、姜夔，皆孝宗時人。而邁及吳淵，位皆通顯，尤不應列之江湖。疑原本殘闕，後人綴拾補綴，已非陳起之舊矣』又曰：『起書刻非一時，版非一律，故諸家所藏，少或二十八家，多至六十四家。輾轉傳鈔，眞贋錯雜，莫詳孰爲原本。今檢永樂大典所載，有江湖集，有江湖前集，有江湖後集，有江湖續集，有中興江湖集諸名。其接次刊刻之蹟，略可考見。』案此書旣係接次刊刻，而在當時，又經一文字獄，固宜其傳本之錯雜也）提要謂「宋末詩格卑靡，所錄不必盡工。惟南渡後詩家，姓氏不顯者，多賴是書以傳」耳。今案宋之末造，蓋爲江西派窮而思變之時。四靈與江湖派皆是也。此未嘗非自然之勢，特兩派之才力皆未能自振拔耳。今錄陳起詩一首於下，以見所謂江湖派者之面目焉。

陳起「湖上卽事」

『波光山色兩盈盈，短策青鞵信意行。葑草煙開遙認鷺，柳條春蚤未藏鶯。誰家豔飲歌初歇？有客孤舟笛再橫。風景無窮吟莫盡，且將酩酊樂浮生。』

列名江湖集中者，劉克莊、戴復古詩筆皆頗清健。（戴復古，字式之，號石屛，天台人。）克莊冬日詩云：『晴窗早覺愛朝曦，竹外秋聲漸作威。命僕安排新暖閣，呼童熨帖舊寒衣。葉浮嫩綠酒初熟，橙切香黃蟹正肥。蓉菊滿園皆可羨，賞心從此莫相違。』復古江村晚眺云：『江頭落日照平沙，潮退魚舠閣岸斜。白鳥一雙臨水立，見人驚起入蘆花。』皆有氣韻，與專學晚唐力弱而不能自舉者異矣。又方秋崖在宋末詩人中，詩亦清俊可喜。如泊歇浦云：『人行秋色裏，雁落客愁邊。』夢尋梅云：『馬蹄殘雪六七里，山嵜有梅三四花。』乃眞晚唐佳句，非貌似清新而實陳陳相因者比也。（戴氏爲放翁門人，方回極稱之，蓋非囿於江湖派者。）

四靈、江湖，雖皆不能自振，而宋之亡，一二孤臣遺老，頗有雄奇之槪，幽怨之思，足以抗手作家者此則時會爲之也。宋末諸臣，精忠義烈最著者，當推文文山及謝疊山。文山詩學杜陵，渾灝流轉，正氣一歌，久爲世所傳誦，他作亦能稱是。疊山之作，則淸寒淡遠，自饒逸致。遺民中如謝皋羽（名翶，一字皋父，長溪人，自號晞髮道人。）詩極奇崛，林霽山詩極纏綿，（霽山名景熙，平陽人）又有鄭所南（名思肖，字憶翁，連江人）眞山民，汪元量等，雖詩格或異，而所感則同。不無危苦之辭，惟以悲哀爲主。其氣格實非南宋末造江湖詩人所及云。）元量號水雲，宋亡，爲黃冠，往來匡盧，彭蠡間，山民始末不可考。或云：李生喬嘗歎其不媿乃祖文忠西山。眞德秀號西山，謚文忠，因疑爲德秀後，或又謂本名桂芳，括蒼人，嘗登進士第云。

文天祥「重陽」

『風捲車塵弄曉寒，天涯流落寸心丹。去年醉與茱萸別，不把今年作健看。』

謝枋得「慶全菴桃花」

『尋得桃源好避秦，桃紅又是一年春。花飛莫遣隨流水，怕有漁郎來問津。』

謝翺「秋夜詞」

『愁生山外山，恨殺樹邊樹。隔斷秋月明，不使共一處。』

林景熙「京口月夕書懷」

『山風吹酒醒，秋入夜燈涼。萬事已華髮，百年多異鄉。遠城江氣白，高樹月痕蒼。忽憶凭樓處，淮天雁叫霜。』

論詩論文之作，皆至宋而漸多。宋人詩話，傳於今者尤夥。（其著者，如歐陽修之六一詩話，劉攽之中山詩話，陳師道之后山詩話，呂本中之紫薇詩話，葉夢得之石林詩話，楊萬里之誠齋詩話，周必大之二老堂詩話等。其采摭最富者，當推胡仔之苕溪漁隱叢話，魏慶之之詩人玉屑。胡書采摭北宋詩話，魏書采摭南宋詩話略備。）然多東鱗西爪之談，能確立一家宗旨者甚罕。有之者，其惟嚴羽之滄浪詩話乎？（羽字儀卿，一字丹邱，自號滄浪逋客，邵武人。）案宋末江西派之詩，發洩已盡，漸流於麤獷直率，寖至入於空滑，其道已窮。四靈江湖，又淺薄不足效。欲振起之，計惟有返諸渾厚超妙之境。此詩家之正路，亦當時主持風會者，應有之義也。羽之論詩也，曰：『論詩如論禪。漢、魏、晉、盛唐之詩，第一義也。大曆已還已落第二義矣。晚唐之詩，則聲聞辟支果也。』『禪道惟在妙悟。詩道亦在妙悟。孟襄陽學力下韓退之遠甚而詩出退之上者，妙悟故也。』又曰：『詩有別材，非關書也。詩有別趣，非關理也。而古人未嘗不讀書，不窮理，所謂不涉理路，不落言筌者上也。詩者，吟咏情性也。盛唐詩人，惟在興趣。羚羊挂角，無迹可求。故其妙處，瑩澈玲瓏，不可湊泊。如空中之音，相中之色，水中之月，鏡中之象，言有盡而意無窮。近代諸公，作奇特解會。以文字爲詩，以議論爲詩，以才學爲詩，以是爲詩，夫豈不工？終非古人之詩也。』其於江西及四靈等，皆深致其不滿焉。案一種文字，皆有其初起及極盛之時，過此則其道已窮，不得不爲逾分之發洩。至於此，則菁華竭而眞意漓矣。自六朝以前，皆可謂詩之初期。如旭日方升，未臻極盛。至於盛唐，而如日中天矣。中晚以降，不得不漸趨於薄者，勢也。厭其薄而更趨於別一途，舉昔人所蘊而不發者，而一洩無餘焉，則宋詩是也。既已發洩務盡，而又欲挽而返之於渾涵之境，於理於勢，皆有所不能，滄浪之論，非不正也。然率其道而行之，不爲明七子之貌襲，則爲王漁洋之神韻耳。然其說雖不能行，而分別詩境之高下，則確是不易之論。得其說而存之，於文學之批評，固不無裨益也。

第五章　宋代之詞曲

詩當分廣狹二義：狹義之詩，卽向所謂詩者是；凡詞曲等皆在其外。廣義之詩，則凡可歌可謠者皆屬焉。（合樂曰歌，徒歌曰謠。○音樂本於人聲，歌卽謠之配以樂器者耳。謠與誦實無區別。凡可誦者，卽是可謠。故如詩與詞等，在今日雖不可歌，仍不得詆之爲死文學也。）史記稱：『詩三百五篇，孔子皆絃歌之，以求合韶武雅頌之音。』漢書謂：『孟春之月，行人振木鐸徇於路以采詩。獻之太師。比其音律，以聞於天子。』（食貨志）可見古之詩，皆可合樂，然至漢世，古樂已不爲人所好。雖有制氏雅樂，莫能用，而別立樂府，采趙、代、秦、楚之謳。使李延年協其律，司馬相如等爲之辭。於是合樂之詩，一變而爲漢代之樂府。四言五言之詩，皆成爲文章之事。魏晉以降，漢世樂府，音律又漸失傳。而外國之樂輸入。唐時，乃有雅樂、清樂、燕樂之分。（雅樂卽古樂。清樂者，漢之樂府，及南朝長江一帶之歌曲，隋平陳得之，置清商署以總之者也。燕樂卽外國輸入之樂。見沈括夢溪筆談。）燕樂日盛，而雅樂、清樂，遂以式微。唐人絕句皆可歌，蓋猶是梁陳之舊（唐書樂志『平、調、淸調、瑟調，皆周房中曲遺聲，漢世謂之三調』唐李白猶有淸平調。）然及宋世，則絕句之可歌者漸希播諸管絃者，莫非長短句矣。（苕溪漁隱叢話曰：『唐初歌舞辭，多是五言詩或七言詩，初無長短句。自中葉以後至五代，漸變成長短句。及本朝則盡爲此體。今所存止瑞鷓鴣，小秦王二闋，是七言八句詩，幷七言絕句詩而已。瑞鷓鴣猶依字易歌；若小秦王，必須雜以虛聲，乃可歌耳。』詞牌有以甘州涼州名者，足徵其出於燕樂，而爲來自外國之新聲也。（容齋隨筆曰：『唐曲以州名者五：伊、涼、熙、石、渭是也。』）此爲中國合樂之詩之又一變。而漢、魏以來之樂府，又變爲文章之事。（王灼碧雞漫志曰：『隋取漢以來樂器歌章古調，幷入淸樂，餘波至李唐始絕。唐中葉雖有古樂府，而播在聲律則鮮矣。士大夫作者，不過以詩之一體自名耳。蓋隋以來，今之所謂曲子者漸興，至唐稍盛，今則繁聲淫奏，殆不可數。古歌變爲古樂府，古樂府變爲今曲子，其本一也。』

宋之詞，流衍而爲元、明、淸三朝之曲，曲之盛也，傳播於山巓海涯，幾於有井水飲處，卽有能歌之者。斯時宋人之詞，已不可歌，而變爲文章之事。然詞曲異流同源，曲可歌，則詞之大宗雖亡，而其支子未絕也。乃自洪、楊以後，皮簧日盛，自宋詞累變之崑曲又微。今日好斯道者，雖猶欲輔弱扶微；然大勢所趨，恐終於不可復挽。自今以後，詞曲其又將脫離音樂，而成爲文章之事乎？世之篤舊者，恆指當日流傳之音樂爲鄙俗，而稱其垂絕者爲雅音。其喜新者，則又執可歌者爲活文學，而目與樂離者爲死文學。其實皆非也。詩本於聲，（廣義之詩）必聲變，詩乃能與之俱變。而聲變，詩卽不得不隨之而變。聲之變，出於勢之自然而無如何；則詩之變，亦出於勢之自然而無如何。無所謂新者俗，舊者雅也。然社會事物，由簡趨繁。始焉出自民衆之謳吟，來自外國之歌曲者，及其既成爲當時之樂調，文人學士，遂能按其調而爲之辭；而辭與樂遂析爲兩事。迨其音律已佚，而辭句猶存；可歌之詩，雖有新者代興，而舊者仍係存爲文章之事，亦勢之出於自然而無足怪者也。雅俗之爭，死活之論，皆不免各執一端耳。

陳無己后山叢談云：『文元賈公居守北都。歐陽永叔使北還。公豫戒官妓，辦詞以勸酒。妓唯唯。復使都廳召而喻之，妓亦唯唯。公怪歎，以爲山野。既燕，妓奉觴，歌以爲壽。永叔把盞側聽，每爲引滿。公復怪之，召問，所歌皆其詞也。』又詩話云：『柳三變游東都南北二卷，作新樂府，骫骳從俗，天下詠之。

遂傳禁中。仁宗頗好其詞。每對酒，必使侍妓歌之再三。三變聞之，作宮詞醉蓬萊，因內官達後宮，且求其助。仁宗聞而覺之，自是不復歌其詞矣。』蔡條鐵圍山叢談云：『宣和初燕樂初成，八音告備。因作徵招角招。有曲名黃河清慢者，音調極韶美。晁次膺作此詞，天下無問遐邇大小雖偉男髫女皆爭唱之。』元陸友研北雜志曰：『小紅，范成大青衣也。有色藝。成大請老，姜夔詣之。一日，授簡徵新聲。夔製暗香疏影兩曲。成大使二妓歌之，音節清婉。成大尋以小紅贈之。其夕大雪，過垂虹，賦詩曰：「自喜新詞韻最嬌，小紅低唱我吹簫。曲終過盡松陵路，回首煙波十里橋。」夔喜自度曲，吹洞簫，小紅歌而和之。』此皆宋詞可歌之證也。（此等證據尚多，今特略引數則耳。）一時代有一時代之文學。如唐之詩，宋之詞，元之曲，後人刻意爲之，才力未必遂遜其時之人；其所費之功力，或且倍蓰然終不能至其境。無他，在其時則情文相生，天機與人工相湊泊；易一時則人力雖劬，天機終有所不逮也。此宋代之詞，所以獨有千古也。

宋代詞人之首出者，當推晏殊。（字同叔，臨川人。七歲能屬文。眞宗以神童召試，賜進士出身，仁宗時爲相。卒，字元獻。殊子幾道，字叔原，號小山。亦能爲詞。）次則歐陽修。劉攽中山詩話，謂殊酷愛馮延己詞，所作亦不減延己，而歐公所作蝶戀花一闋，或與延己所作相混。蓋皆承五代之餘風者也。至柳永出而詞乃一變。

晏殊「踏莎行」

『小徑紅稀芳郊綠徧，高臺樹色陰陰見。春風不解禁楊花，濛濛亂撲行人面。翠葉藏鶯，珠簾隔燕，爐香靜逐游絲轉。一場愁夢酒醒時，斜陽卻照深深院。』

晏幾道「臨江仙」

『夢後樓臺高鎖，酒醒簾幕低垂。去年春恨卻來時。落花人獨立，微雨燕雙飛。記得小蘋初見，兩重心字羅衣。琵琶絃上說相思。當時明月在，曾照綵雲歸。』

歐陽修「蝶戀花」

『庭院深深深幾許？楊柳堆煙，簾幙無重數。玉勒雕鞍游冶處，樓高不見章臺路。雨橫風狂三月暮，門掩黃昏，無計留春住。淚眼問花花不語，亂紅飛過秋千去。』

一種歌辭之初興，大抵與里巷謳吟相近。取徑極狹，而含意甚深。故能如大羹玄酒，味之不盡。一再傳後，文人學士，相率爲之。肆其才力之所至，拓境日恢，眞意反日漓矣。此猶花之含蕊與盛開，絢爛極時，衰謝之機，卽已潛伏。此文章升降之大原，不可不察也。詞境展拓，厥惟小令進爲慢詞。（謂長調。）張炎樂府餘論曰：『慢詞起仁宗朝。中原息兵，汴京繁庶，歌臺舞榭，競賭新聲。柳永以失意無俚，流連坊曲，遂盡取俚言俗語，編入詞中，以便伎人傳習一時動聽，散播四方。其後蘇軾、秦觀、黃庭堅等，相繼有作，慢詞遂盛。』案小令專於比興，慢詞則兼有賦矣。此其拓境之所以日恢，亦其眞意之所以日漓也。葉夢得避暑錄話，謂：『嘗見一西夏歸朝官，言凡有井水飲處，卽能歌柳詞。』其流傳則可謂廣矣。（柳永，初名三變，字耆卿，崇安人。官至屯田員外郎，故世稱爲柳屯田。）

柳永「八聲甘州」

『對瀟瀟暮雨灑江天，一番洗清秋。漸霜風淒緊，關河冷落，殘照當樓。是處紅衰綠減，冉冉物華休。惟有長江水，無語東流。　不忍登高臨遠，望故鄉渺邈，歸思難收。歎年來蹤迹，何事苦淹留？想佳人妝樓長望，誤幾回天際識歸舟。爭知我，倚闌干處，正恁凝愁。』

與永竝時者爲張先。（字子野，烏程人，官至都官郎中。）古今詩話：『有客謂子野曰：「人皆謂公張三中，郎心中事，眼中淚，意中人也。」公曰；「何不目之爲張三影乎？」客不解。公曰：「雲破月來花弄影；嬌柔懶起，簾押捲花影；柳徑無人，墮飛絮無影。」皆公得意句也。』故又有張三影之稱。三影詞甚秀，近柳永。

張先「青門引」

『乍暖還輕冷風雨晚來方定。庭軒寂寞近清明，殘花中酒，又是去年病。　樓頭畫角風吹醒，入夜重門靜。那堪更被明月，隔牆送過秋千影？』

東坡之詞，亦自成一派。四庫提要曰：『詞自晚唐五代以來，以清切婉麗爲宗。至柳永而一變，如詩家之有白居易。至軾而又一變，如文家之有韓愈。』此皆文章境界將變而一二人會逢其適，非必其才力之果特異於衆人也。東坡詞最有名者，爲念奴嬌大江東去、及水調歌頭明月幾時有兩首。念奴嬌一闋，殊近粗豪；水調歌頭一闋，則設想高奇，寄情幽渺，誠非他家所有，足見蘇公之本色也。

蘇軾「水調歌頭」

「明月幾時有？把酒問青天。不知天上宮闕，今夕是何年。我欲乘風歸去，又恐瓊樓玉宇，高處不勝寒。起舞弄清影，何似在人間。　轉朱閣，低綺戶，照無眠。不應有恨何事偏向別時圓？人有悲歡離合，月有陰晴圓缺，此事古難全。但願人長久，千里共嬋娟。』

後山詩話曰：『退之以文爲詩，子瞻以詩爲詞，如教坊雷大使之舞，雖極天下之工，要非本色。今代詞手，惟秦七、黃九耳，他人不能逮也。』山谷好以俗語入詞，四庫提要譏其『褻諢不可名狀，甚至用𩨨字㞘字等，爲字書所不載。』案此等在當時，皆自有其趣味，此正詞之所以異於詩，不容以此爲難。然俗語之趣味，不在褻諢，褻諢之詞，在俗語文學中，亦爲下乘。山谷之詞，確有過於褻諢者。如望遠行，少年心等闋是。此等實不足法，不容以主張平民文學而右之也。（詩詞可用俗語，俗語不皆可爲詩詞。試觀民間歌謠，用語亦有選擇，非凡出諸口者，皆可用爲歌謠可知。）

黃庭堅「鼓笛令」

『酒闌命友閒爲戲。打揭兒，非常愜意。各自輸贏只賭是，賞罰采，分明須記。　小五出來無事，卻跋翻和九底。若要十一花下死，那管十三不如十二。』

坡仙集外紀：『東坡問陳無已；「我詞何如少游？」無已曰：「學士小詞似詩，少游詩似小詞。」』

此論殊的。淮海詩筆，較蘇黃爲弱。詞則情韻兼勝，非蘇黃所能逮也。

秦觀「望海潮」

『梅英疏澹，冰澌溶洩，東風暗換年華。金谷俊遊，銅駝巷陌，新晴細履平沙。長記誤隨車；正絮翻蝶舞，芳思交加。柳下桃蹊，亂分春色到人家。 西園夜飲鳴笳，有華燈礙月，飛蓋妨花。蘭苑未空，行人漸老，重來事事堪嗟。煙暝酒旗斜。但倚樓極目，時見棲鴉。無奈歸心，暗隨流水到天涯。』

同時能爲詞者，尚有晁補之、陳去非、李之儀、程垓。晁无咎詞，神姿高秀，頗近東坡。去非無住詞，僅十八闋，然亦頗峻拔。之儀姑溪詞，小令清婉，近於淮海。垓爲東坡中表，所傳書舟詞，長調亦頗豪縱云。（李之儀，字端叔，無棣人，元豐進士。垓，字正伯，眉山人。）

程垓「水龍吟」

『夜來風雨怱怱，故園定是花無幾。愁多怨極，等閒孤負，一年芳意。柳困桃慵，杏青梅小，對人容易。算好春長在，好花長見，元只是人憔悴。 回首池南舊事，恨星星，不堪重記。如今但有，看花老眼，傷時清淚。不怕逢花瘦，只愁怕老來風味。待繁紅亂處，留雲借月，也須拼醉。』

北宋詞人，負盛名者，尙有賀方回。（名鑄，衞州人，孝惠皇后族孫，晚自號慶湖遺老。）方回詞幽婉淒麗，山谷、文潛，均極稱之。其青玉案詞，有『一川煙草，滿城風絮，梅子黃時雨』之句，爲時所傳誦。人因稱爲賀梅子。或謂方回詞意境不求甚深，讀者悅其輕倩，漸失『拙』『大』『重』三要。淸代浙派之但事綺藻韻致，方回實開其源云。

賀鑄「小重山」

『枕上閶門報五更，蠟鐙香炧冷。恨天明，雱蘋風轉移帆旌。橋頭燕，多謝伴人行。　臨鏡想傾城，兩尖眉黛淺，淚波橫。豔歌重記遺離羣。纏綿處，翻是斷腸聲。』

北宋詞雖可歌，然詞人所作，亦未必盡協律。塡詞之與知音，究爲二事也。惟周美成（名邦彥，錢塘人，徽猷閣待制。）妙解音律，（宋史稱其『好音樂能自度曲。』）所製諸調，不獨平仄宜遵，卽上去入三音，亦不容相混。當時有方千里者，嘗和美成之淸眞詞一卷。一一按譜塡腔，不敢稍有出入，足見其法度之謹嚴矣。美成長篇，鋪敍最工；短篇亦淒婉凝重，實北宋一大家也。

周邦彥「六醜」

『正單衣試酒，悵客裏光陰虛擲。願春暫留，春歸如過翼，一去無迹。爲問家何在？夜來風雨，葬楚宮傾國。釵鈿墮處遺香澤；亂點桃蹊，輕翻柳陌，多情更誰追惜。但蜂媒蝶使，時叩窗槅。 東園岑寂，漸蒙籠暗碧。靜遶珍叢底，成歎息。長條故惹行客，似牽衣待話，別情無極。殘英小，強簪巾幘。終不似一朵，釵頭顫裊，向人欹側。漂流處，莫趁潮汐。恐斷紅尚有相思字，何由見得。』

周邦彥「滿庭芳」（夏日溧水無想山作）

『風老鶯雛，雨肥梅子，午陰嘉樹清圓。地卑山近，衣潤費爐煙。人靜烏鳶自樂，小橋外，新綠濺濺。凭闌久，黃蘆苦竹，擬泛九江船。 年年，如社燕，飄流瀚海，來寄修椽。且莫思身外，長近尊前。憔悴江南倦客，不堪聽急管繁絃。歌筵畔，先安枕簟，容我醉時眠。』

周邦彥「少年遊」

『并刀如水，吳鹽勝雪，纖指破新橙。錦幄初溫，獸香不斷，相對坐調笙。 低聲問：向誰行宿；城上已三更；馬滑霜濃，不如休去，直是少人行。』

宋代爲詞學極盛之世，帝王、將相、釋子、羽流、婦人、孺子，無不解者。今爲衆所傳誦者，特其尤著者耳。諸帝王中，徽宗尤爲文采風流。雖爲荒淫亡國之君，其文學自不可沒也。其於倚聲，實足與南唐二主媲美。世傳其燕山亭一詞，乃其遷北後作，促節曼聲，兩盡其妙。

宋徽宗燕山亭

『裁翦冰綃，輕疊數重，冷淡臙脂勻注。新樣靚妝，豔溢香融，羞殺蕊珠宮女。易得凋零，更多少無情風雨。愁苦，問院落淒涼，幾番春暮。　憑寄離恨重重，這雙燕何曾會人言語。天遙地遠，萬水千山，知他故宮何處。怎不思量，除夢裏有時曾去。無據，和夢也新來不做。』

北宋女詞人，則有李易安。易安名清照，自號易安居士，濟南人，格非女，嫁爲湖州守趙明誠妻，夫婦皆擅學問，長詩文，精金石，誠一代之才媛也。易安詩筆稍弱，詞則極婉秀，且亦妙解音律，所作詞無一字不協律者，實倚聲之正宗，非徒以閨閣見稱也。

李清照「壺中天慢」

『蕭條庭院，又斜風細雨，重門須閉。寵柳嬌花寒食近，種種惱人天氣。險韻詩成，扶頭酒醒，別是閒滋味。征鴻過盡，萬千心事難寄。　樓上幾日春寒，簾垂四面，玉闌干慵倚。被冷香消新夢覺，不許愁入不起。清露晨流，新桐初引，多少游春意。日高煙斂，更看今日晴未。』

南宋大家，當首推辛稼軒。（辛棄疾，字幼安，號稼軒居士，歷城人。耿京聚衆山東，棄疾爲掌書記，勸京奉表歸宋。張安國殺京降金。棄疾擒金營，縛以歸，獻俘行在。孝宗時，以大理少卿出爲湖南安撫。治軍有聲。德祐時，追謚忠敏。）世以與東坡並稱，謂之蘇、辛，其實稼軒非坡翁之倫也。東坡之詞，似山谷之詩，非不清俊，終非當家。稼軒則含豪邈然，字字協律。譚仲修評南唐後主簾外雨潺潺一首曰：『雄奇幽怨，乃兼二難。後起稼軒，稍傖父矣。』此自時代爲之。若以蘇、辛相較，則東坡不免稍有傖氣，稼軒則『端莊雜流麗，剛健含婀娜』矣。今錄其詞三首如下，以見一斑。

摸魚兒

『更能消，幾番風雨，匆匆春又歸去。惜春長怕花開早，何況落紅無數？春且住，見說道天涯芳草無歸路。怨春不語。算只有殷勤畫檐蛛網，盡日惹飛絮。　長門事，準擬佳期又誤，蛾眉曾有人妬。千金縱買相如賦，脈脈此情誰訴？君莫舞，若不見玉環飛燕皆塵土。閒愁最苦。休去倚危闌，斜陽正在，煙柳斷腸處。』

永遇樂（京口北固亭懷古）

『千古江山，英雄無覓孫仲謀處。舞榭歌臺，風流總被雨打風吹去。斜陽草樹，尋常巷陌，人道寄奴曾住。想當年，金戈鐵馬，氣吞萬里如虎。　元嘉草草，封狼居胥，意贏得倉皇北顧。四十三年，望中猶記，烽火揚州路。可堪回首？佛貍祠下，一片神鴉社鼓。憑誰問，廉頗老矣，尙能飯否？』

菩薩蠻

『鬱孤山下清江水，中間多少行人淚？西北是長安，可憐無數山。　青山遮不住，畢竟東流去。江晚正愁余，山深聞鷓鴣。』

劉改之（名過，廬陵人，有龍洲詞。）當光、寧二宗時，以詩遊歷江湖。嘗客稼軒，塡詞亦善爲壯語。又有楊炎者，亦與稼軒相唱和。其排奡之氣，不及稼軒，而屏絕纖穠，自抒淸俊，亦非凡豔可擬，此外葉夢得之石林詞（夢得，字少蘊，號石林，吳縣人。紹聖進士。徽宗時翰林學士。高宗時，數陳拒敵之策。嘗爲江東安撫大使。）李彌遜之筠溪樂府（彌遜，字魯卿，吳縣人。大觀進士。）亦皆豪放一派。葛勝仲（字魯卿，丹陽人。紹聖進士。）常與夢得唱和，其詞格亦相出入云。

劉過「賀新郎」

『老去相如倦；向文君，說似而今，怎生消遣？衣袂京塵曾染處，空有香紅尙軟。料彼此魂消腸斷。一枕新涼眠客舍，聽梧桐疏雨秋風顫。燈暈冷記初見。　樓低不放珠簾捲。晚妝殘，翠蛾狼籍，淚痕凝臉。人道愁來須殢酒，無奈愁深酒淺。但託意焦琴紈扇。莫鼓琵琶江上曲，怕荻花楓葉俱淒怨。雲萬疊，寸心遠。』

葉夢得「賀新郎」

『睡起啼鶯語。掩蒼苔房櫳向晚，亂紅無數。吹盡殘花無人見，惟有垂楊自舞。漸暖靄初回輕暑。寶扇重尋明月影，暗塵侵上有乘鸞女。驚舊恨，遽如許。　江南夢斷橫江渚。浪黏天葡萄漲綠，半空煙雨。無限樓前滄波意，誰采蘋花寄取？但悵望蘭舟容與。萬里雲飄何時到，送孤鴻目斷千山阻。誰爲我，唱金縷。』

南宋詞家，妙解音律者，無如姜白石。（名夔，字堯章，鄱陽人。居吳興武康，與白石洞天爲鄰，自號白石道人。）白石師誠齋弟子蕭千巖，詩亦古雅，然不如其詞之有名。宋代詞雖可歌，而皆無譜。以人人知之，不待此也。不意年湮代遠，歌譜竟因此失傳。惟白石曲調，多由自創，故皆自注譜。今所傳白石道人歌曲是也。惜皆用宋時俗字，又雜以節拍符號，今人仍不能解。然宋代歌譜，獨賴此篇之存。將來音樂大昌，安知不有懸解之士，據陳編而悟其法？則此書亦可寶矣。白石詞格高秀。張叔夏稱其『如野雲孤飛，去來無迹』。讀所製暗香疏影二曲，寄意深遠，誠不媿此言也。

姜夔「暗香」（石湖詠梅）

『舊時月色，算幾番照我，梅邊吹笛。喚起玉人，不管清寒與攀摘。何遜而今漸老，都忘卻春風詞筆。但怪得竹外疏花，香冷入瑤席。　江國，正寂寂。歎寄與路遙，夜雪初積。翠尊易泣，紅萼無言耿相憶。長記曾攜手處，千樹壓西湖寒碧。又片片吹盡也，幾時見得。』

姜夔「疏影」

『苔枝綴玉，有翠禽小小，枝上同宿。客裏相逢，籬角黃昏，無言自倚修竹。昭君不慣胡沙遠，但暗憶江南江北。想佩環月夜歸來，化作此花幽獨。　猶記深宮舊事，那人正睡裏，飛近蛾綠。莫似春風，不管盈盈，早與安排金屋。還教一片隨波去，又卻怨玉龍哀曲。等恁時，重覓幽香，已入小窗橫幅，』

白石而外，南宋詞家著稱者，爲吳文英，（字君特，號夢窗，慶元人。）史達祖，（字邦卿，號梅溪，開封人。）高觀國，（字賓王，山陰人。）王沂孫，（字聖與，號碧山，會稽人。）張炎，（字叔夏，號玉田，又號樂笑翁，俊五世孫，家於臨安，宋亡，不仕。）周密，（字公謹，號草窗，又號蕭齋，濟南人，流寓吳興，亦號弁陽嘯翁。淳祐中，爲義烏令，宋亡，不仕。）蔣捷，（字勝欲，號竹山，宜興人，德祐進士，宋亡，不仕。）諸家。夢窗亦南宋大家，惟其詞頗重修飾，故沈嘉泰謂其『用事下語太晦處，人不能知。』張叔夏亦謂其詞『如七寶樓臺，拆下來不成片段。』然夢窗亦非不講氣格者，觀下錄兩詞可知，不得以偏有文采，沒其所長也。

憶舊游（別黃澹翁）

『送人猶未苦，苦送春隨人去天涯。片紅都飛盡，陰陰潤綠，暗裏啼鴉。賦情頓雪霜鬢，飛夢逐塵沙。歎病渴淒涼，分香瘦減，兩地看花。　西湖斷橋路，想繫馬垂楊，依舊敧斜。葵麥迷煙處，問離巢孤燕，飛過誰家。故人爲寫深怨，空壁掃秋蛇。但醉上吳臺，殘陽草色歸思賒。』

唐多令

「何處合成愁？離人心上秋。縱芭蕉不雨也颼颼。都道晚涼天氣好，有明月，怕登樓。　年事夢中休。花空煙水流。燕辭歸客尚淹留。垂柳不縈裙帶住，漫長是繫行舟。」

詞至白石，而句琢字鍊，始極其工。竹屋，（高賓王詞名竹屋癡語。）梅溪，實其羽翼。玉田稱其「格調不凡，句法挺異。俱能特立清新之意，删削靡曼之辭。」其品格可想矣。然清代之高談北宋者頗薄之。謂白石脫胎稼軒，變雄健爲清剛，易馳驟以跌宕。看似高格，不耐細思。門徑淺狹，徒便摹放。史高二家，所造又視白石爲淺。至張叔夏，則把纜放船，更無闊手段。能換字而不能換意，專在字句上著工夫。較之前人，彌爲不逮矣。案文字後起彌工，亦以工故，漸失渾涵樸厚之意，此隨世運遷流，無可如何之事。就其時而論其詞，此諸人者，固亦卓然名家也。玉田、竹山、碧山、草窗，皆當革易之時，目覩陸沈之痛，故多激楚之音。以韻致論，碧山似最勝。以魄力論，玉田實最雄也。

高觀國「菩薩蠻」

「春風吹綠湖邊草，春光依舊湖邊道。玉勒錦障泥，少年遊冶時。　煙明花似繡，且醉旗亭酒。

斜日照花西歸鴉花外啼。』

史達祖「綺羅香」（春雨）

『做冷欺花，將煙困柳，千里偸催春暮。盡日冥迷，愁裏欲飛還住。驚粉重蝶宿西園，喜泥潤燕歸南浦。最妨他佳約風流，鈿車不到杜陵路。　沈沈江上望極，還被春潮晚急，難尋官渡。隱約遙峯，和淚謝娘眉嫵。臨斷岸新綠生時，是落紅帶愁流處。記當日門掩梨花，翦燈深夜語。』

王沂孫「高陽臺」

『殘雪庭除，輕寒簾影，霏霏玉管春葭。小帖金泥，不知春是誰家？相思一夜窗前夢，奈個人水隔天遮？但凄然，滿樹幽香，滿地橫斜。　江南自是離愁苦，況游驄古道，歸雁平沙。怎得銀箋，殷勤與說年華？如今處處生芳草，縱憑高不見天涯。更消他，幾度東風，幾度飛花。』

周密「解語花」

『晴絲罥蝶，煖蜜酣蜂，重簾卷春寂寂。雨萼煙梢，壓闌干，花雨染衣紅溼。金鞍誤約，空極目天涯草色。閬苑玉簫人去後，惟有鶯知得。　餘寒猶掩翠戶，梁燕乍歸，芳信未端的。淺薄東風，莫因循，輕把杏鈿狼籍。塵侵錦瑟，殘日紅窗春夢窄，睡起折枝無意緒，斜倚秋千立。」

張炎「臺城路」（庚辰秋九月之北遇汪菊坡因賦此詞）

『十年前事翻疑夢，重逢可憐俱老。水國春空，山城歲晚，無語相看一笑。荷衣換了，任京洛塵沙，冷凝風帽。見說吟情，近來不到謝池草。　歡遊曾步翠窈。亂紅迷紫曲，芳意多少？舞扇招香，歌橈喚玉，猶憶錢塘蘇小。無端暗惱，又幾度留連，燕昏鶯曉。回首妝樓，甚時重去好？』

張炎「高陽臺」（西湖春感）

『接葉巢鶯，平波卷絮，斷橋斜日歸船。能幾番遊？看花又是明年。東風且伴薔薇住，到薔薇春已堪憐。更淒然，萬綠西冷，一抹荒煙。　當年燕子知何處？但苔深韋曲，草暗斜川。見說新愁，如今也到鷗邊。無心再續笙歌夢，掩重門淺醉閒眠。莫開簾，怕聽飛花，怕聽啼鵑。』

蔣捷「賀新郎」

『夢冷黃金屋，歎秦箏斜鴻陣裏，素絃塵撲。化作嬌鶯飛歸去，猶認紗窗舊綠。正過雨前桃如菽，此恨難平君知否？似瓊臺湧起彈棋局。消瘦影，嫌明燭。　鴛樓碎瀉東西玉，問芳蹤，何時再展翠釵難卜。待把宮眉橫雲樣，描上生綃畫幅。怕不是新來妝束。綵扇紅牙今都在，恨無人解聽開元曲。空掩袖，倚寒竹。』

南宋女子以詞鳴者，則有朱淑眞。淑眞，海寧人，自稱幽棲居士。所傳有斷腸詞一卷。前有記略一篇，稱其『匹偶非倫，弗遂素志，賦斷腸集十卷以自解。』則今所傳，實非完帙矣。詞極清俊。其謁金門一闋，實足與李易安之『簾卷西風，人比黃花瘦』抗衡也。

朱淑眞「謁金門」

『春已半，觸目此情無限。十二闌干閒倚徧，愁來天不管。　好是風和日煖，輸與鶯鶯燕燕。滿院落花簾不卷，斷腸芳草遠。』

宋代詞家，大略如此。至於總集：則有曾慥之樂府雅詞，黃昇之花菴詞選，周密之絕妙好詞。又有無名氏之草堂詩餘。絕妙好詞去取謹嚴，最爲世所稱道。然其廣羅遺佚，閒詳作者生平及其詞之本事，以備後人考核之資，則諸選之爲用一也。草堂詩餘所錄甚雜，而元明之世盛行。故其時之詞，格調頗卑。至清代，浙派及常州派繼起，乃能復續兩宋名家之緒云。

因詞之發達，而其影響遂及於戲曲。我國現在所謂舊劇者，（歌舞劇。）皆合動作，言語，歌唱以演一事，其起原蓋亦甚古。（張衡西京賦賦漢平樂觀角觝之戲曰『女媧坐而長歌，聲淸暢而委蛇。洪厓立而指揮，被毛羽之襳襹。度曲未終，雲起雪飛。』則歌舞者飾爲古人形象。又曰：『東海黃公，赤刀粤祝，冀厭白虎，卒不能救。』則敷衍故事矣。然未嘗合扮演與歌舞爲一也。合歌舞以演一故事者，當始於北齊。舊唐書音樂志云：『代面出於北齊。北齊蘭陵王長恭才武，而面美，常著假面以對敵，嘗擊周師金墉城下，勇冠三軍。齊人壯之，爲此舞，以效其指揮擊刺之容，謂之蘭陵王入陳曲。』樂府雜錄，崔令欽教坊記略同。又教坊記云：『踏搖娘：北齊有人，名蘇鮑，鼻實不仕，而自號爲郎中。嗜飲酗酒。每醉，輒毆其妻。妻銜悲訴於鄰里。時人弄之，丈夫著婦人衣，徐步入場。行歌。每一疊，旁人齊聲和之云：踏搖和來，踏搖娘苦，和來。以其且步且歌，故謂之踏搖。以其稱寃，故言苦。及其夫至，則作毆鬬之狀，以爲笑樂。』此則合歌舞以演故事，雖未足語於後世之劇，而實後世歌舞劇之所本矣。）而其用詞曲以敍事，則實自宋人始，此不可謂非戲劇之一進化也。王國維宋元戲曲史云：『宋人之詞，皆徒歌而不舞，其歌亦以一闋爲率。（間有重疊一曲，以詠一事者。如歐陽公之采桑子，凡十一首。趙德麟之商調蝶戀花，凡十首。一述西湖之勝，一詠會眞之事，亦皆徒歌不舞。）其有歌舞相兼者，則謂之傳踏。（亦作轉踏，纏達。）北宋傳踏，率以一曲重疊歌之，以一首詠一事，若干首則詠若干事。間有合若干首以詠一事者，如樂府雅詞所載鄭僅之調笑轉踏，卽其一例。

鄭僅「調笑轉達」

『良辰易失信四者之難幷。佳客相逢，實一時之盛會。用陳妙曲，上助淸歡，女伴相將，調笑入隊。』

『秦樓有女字羅敷，二十未滿十五餘。金環約腕攜籠去，攀枝折葉城南隅。使君春思如飛絮，五馬徘回芳草路。東風吹鬢不可親，日晚蠶飢欲歸去。　歸去，攜籠女。南陌春愁三月暮。使君春思如飛絮。五馬徘徊頻駐。蠶飢日晚空留顧，笑指秦樓歸去。』

『石城女子名莫愁，家住石城西渡頭。拾翠每尋芳草路，採蓮時過綠蘋洲。五陵豪客靑樓上，醉倒金壺待淸唱。風高江闊白浪飛，急催艇子操雙槳。　雙槳，小舟蕩。喚取莫愁迎疊浪。五陵豪客靑樓上，不道風高江廣。千金難買傾城樣，那聽繞梁淸唱。』

『繡戶朱簾翠幕張，主人置酒宴華堂。相如年少多才調，消得文君暗斷腸。斷腸初認琴心挑，公絃暗寫相思調，從來萬曲不關心，此度傷心何草草。　草草，最年少，繡戶銀屏人窈窕。瑤琴暗寫相思調，一曲關心多少？臨邛客舍成都道，苦恨相逢不早。』（此三曲分詠羅敷，莫愁，文君，尚有九曲詠九事，文多略之。）

『新詞宛轉遞相傳，振袖傾鬟風露前，月落烏啼雲雨散，游人陌上拾花鈿。』

此詞前為句隊詞，次以一詩一曲相間，終以放隊詞。其後句隊詞變為引子，曲前之詩，改用他曲；放隊詞變為尾聲。元劇中正宮套曲體例，實自此出。又有所謂曲破者，裁大曲入破以後用之，亦藉以演故事。如史浩鄮峯眞隱漫錄之「劍舞」卽是。（其樂有聲無辭，舞者一象鴻門會之項伯，一象公孫大娘。舞之先，別由一人以儷語表明之。）大曲之名，肇於南北朝，傳於宋者，為胡樂大曲，其徧數至於數十，宋人裁截用之。大曲徧數既多，用以敘事自便。故宋人詠事多用焉。但其舉動皆有定則，欲以演一故事甚難。故現存宋人大曲，皆敘事體而非代言體，仍為歌舞之一種，而非戲劇也。其創於宋世者，則有所謂諸宮調。為孔三傳所創。（王灼碧雞漫志云『熙寧、元豐間，澤州孔三傳，始創諸宮調古傳。

士大夫皆能誦之。』夢粱錄云：『說唱諸宮調。昨汴京有孔三傳，編成傳奇，靈怪，入曲說唱。』東京夢華錄，紀崇、觀以來瓦舍技藝有孔三傳耍秀才諸宮調。武林舊事載諸色伎藝人諸宮調傳奇，有高郎婦等四人。宋元戲曲史云：『金董解元之西廂卽此體。本書卷一太平賺詞云；「比前賢樂府不中聽，在諸宮調裏却著數。」其證一也。元凌雲翰柘軒詞，有定風波詞，賦崔鶯鶯傳云，「翻殘金舊日諸宮調本，纔入時人聽。」其證二也。此書體例，求之古曲無一相似，獨元王伯成天寶遺事見於雍熙樂府，九宮大成所選者，大致相同。而元鍾嗣成錄鬼簿，於王伯成條下注云：「有天寶遺事諸宮調，行於世」其證三也』）謂之諸宮調者，以其合若干宮調以詠一事也。（大曲傳踏等，不過一曲，其同在一宮調可知。）大曲傳踏等用固有之曲以敍事，此則因敍事而製曲，其便於用，自不待言；宋金雜劇，後亦用之。（宋史樂志言『眞宗不喜鄭聲，而或爲雜劇詞，未嘗宣布於外。』夢粱錄二十云：『向者汴京教坊大使孟角球曾做雜劇本子，董守誠撰四十大曲。』則北宋確有戲曲。惟其體裁如何，已不可知。武林舊事載官本雜劇，多至二百八十本。其中用大曲者百有三；法曲者四；諸宮調者二；普通詞調者三十有五。則南宋雜劇，殆皆以歌曲演之。然其中亦有北宋之作，如朱彧萍洲可談云『王迴美姿容，有才思，少年時不甚持重，閒爲狎邪輩所誣，播入樂府。今六么所歌奇俊王家郎者，乃迥也。元豐初，蔡持正舉之，可任監司，神宗忽云：「此乃奇俊王家郎乎。」持正叩頭請罪』趙彥衞雲麓漫鈔卷十云：『王迥，字子高。舊有周瓊姬事，胡徽之爲作傳，或用其傳作六么。』而此所載，有王子高六么一本，又有三爺老大明樂，病爺老劍器二本。爺老，疑卽遼史之拽刺，乃北宋與遼盟聘時輸入之語也。○遼史百官志：走卒謂之「拽刺，」）至元而變爲代言體；敍事全用科白，卽成現在之戲曲已。（宋人樂曲，不限一曲者，諸宮調之外，又有賺詞。亦見宋元戲曲史。○以上論戲曲，皆據宋元戲曲史中有關宋代者，撮敍大要。如欲詳其前後因果，宜參讀原書。）

第六章　宋代之小說

駢散文與詩，皆爲宋代之貴族文學。詞雖可歌，其辭句亦不盡與口語相合。然當時自有以白話著書者。其大宗爲儒、釋二家之「語錄」及「平話」。語錄與文學無涉，而平話則爲平民文學之大宗。

白話文之興，由來甚久。近人中國大文學史曰：『語錄亦俗體文字之一種，其始不僅問學言理之語。宋倪思有重明節館伴語錄一卷，蓋紹熙二年七月，金遣完顏袞路伯達來賀重明節，思爲館伴，記問答之語，而成是書。馬永卿嬾眞子，載蘇老泉與二子同讀富鄭公使北語錄。則知語錄之名，北宋已有。蓋當時士夫以奉使伴使，爲邦交大事，故有所語，必備錄之，以上朝廷。後遂沿爲記錄之一體。儒家因之，而有語錄，宋史藝文志所載程頤語錄之類是也。釋家亦因之，宋志所載僧慧忠語錄之類是也。宋志又有朱宋卿徐神翁語錄一卷，則道家亦襲其名矣。學者不知，識宋儒誤襲釋家之名，是未詳考也。』又近人中國小說史略曰：『用白話作書者，實不始於宋。清光緒中，敦煌千佛洞藏經顯露，大抵運入英、法。中國亦拾其餘，藏京師圖書館。書爲宋初所藏，多佛經。而內有俗文體故事數種，蓋唐末五代人鈔：如唐太宗入冥記，孝子董永傳，秋胡小說，在倫敦博物館；伍員入吳故事，在中國某氏；惜未能目覩，無以知其與後來小說之關係。以意度之，則俗文之興，當由二端：一爲娛心，一爲勸善，而尤以勸善爲大宗。故上列諸書，多關懲勸。京師圖書館，亦尙有俗文維摩法華等經，及釋迦八相成道記，目蓮入地獄故事也。』案語體文之興，其原有二：（一）求所記之逼眞，（一）求盡人之能解。而此二者，實其所以成爲平民文學之由。蓋以古語道今情，終苦其不能盡達，故長於古典文學者，其想像力必極強。以其達意述事皆與今人習用之語言異。必想像力極強，乃能知其所用古語中，苞含現代何等情景也。此種想像力，實非盡人所能具。故讀古文者，往往茫然不知其何謂，而其意味何在，更不必論矣。此白話文之所由興也。

語體文雖爲平民文學之良好工具。然其始起，僅以求所記之逼眞，期盡人之能解，則尙未足語於文學；以文學不僅有其外形，必兼有其實質也。故眞正之平民文學，必待諸平話之興。

平話卽今人所謂白話小說。以白話爲小說，則成眞正平民文學矣。以小說爲文學，而白話小說，則爲平民文學也。小說之作，其境必屬於虛構；而其所以虛構此境者，則由於美而不由於善；乃足爲眞正之文學。我國此等作品，實至唐代始有之。（胡應麟筆叢曰：『變異之談，盛於六朝。然多是傳錄舛譌，未必盡幻設語。至唐人乃作意好奇，假小說以寄筆端。』）然仍與述故事志異聞者夾雜。宋代此等書作者亦夥。其最早者，當推徐鉉之稽神錄。（此書亦采入太平廣記。）次則吳淑之江淮異人錄。（淑字正儀，丹陽人，鉉之壻也。南唐進士，歸宋，仕至職方員外郎。此書明人所作劍俠傳多采之。）又次則張君房之乘異記，（晁公武云：『志鬼神變怪之書凡十一門，七十五事。』君房，安陸人。景德進士。卽編雲笈七籤者。）張師正之括異記，（師正嘗擢甲科。熙寧中，爲寧州帥。王銍云，此書實魏泰所撰。泰尚有志怪集，倦游錄，亦託名師正。詳見陳振孫書錄解題，邵伯溫聞見錄。）宋庠之楊文公談苑，（楊億里人黃鑑所撰，本名南陽談藪，庠刪其重複，易此名。）聶田之祖異志，秦再思之洛中記異，（晁公武云：『記五代宋初讖應雜事。』）畢仲詢之幕府燕閒錄，（晁公武云：『記當代怪奇之事。』）郭彖之睽車志等。（彖字次象，歷陽人，嘗知興國軍事。此書取易睽卦『載鬼一車』之語爲名。）皆雜載怪異，兼有寓意之作者。（其全係甄錄舊聞者，當入野史類。純以勸懲爲旨者，亦不可謂之文學。舊時書目皆以入小說，實非也。）其託諸故事者：則有樂史之綠珠傳，楊太眞外傳；（樂史字子正，撫州宜黃人。自南唐入宋，卽撰太平寰宇記者。）秦醇之趙飛燕別傳，驪山記，溫泉記，譚意歌傳；（前三篇託諸漢、唐，譚意歌則當時倡也。秦醇，字子復，一作子履，亳州譙人此四篇爲其所作見劉斧靑瑣高議。）尙有不知何人作之大業拾遺記（一名隋遺錄）開河記，迷樓記，（皆託隋煬事。）海山記，（名見靑瑣高議。）梅妃傳，（跋謂『大中二年寫，藏朱遵度家今惟予及葉少蘊有之。』少蘊，夢得字，則此書南渡後物也。）其體皆仿唐人。其收輯最廣者，則當推太宗時官纂之太平廣記，及洪邁所撰之夷堅志。（甲至癸二百卷支甲至支癸一百卷三甲至三癸、百卷四甲四乙二十卷凡四百二十卷，陳振孫謂『其晚歲急於成書，妄人多取唐記中舊事，改竄首尾，別爲名字以投之至有數卷者，亦不復刪潤，逕以入錄』云）要之前代小說，實以記佚事志怪異爲大宗，而寓意之作，則起於其後，而與之相雜。宋代士夫所作，固猶不越此範圍也。而白話小說，乃突起於平民社會之中。

平話之始，實由口說。東坡志林云：『王彭嘗云：塗巷中小兒薄劣，其家所厭苦，輒與錢令聚坐聽說古話。至說三國事，聞劉玄德敗，頻蹙眉，有出涕者。聞曹操敗，卽喜唱快。』洪邁夷堅志謂『呂德卿偕其友出嘉令門外茶肆中坐，見幅紙用帖其尾云：今晚講說漢書』郎瑛七修類稿云『小說起宋仁宗時。國家閒暇，日欲進一奇怪之事以娛之。故小說得勝頭回之後，卽云話說趙宋某年云云。』古今小說（見下）序云：『南宋供奉局有說話人，如今說書之流。』今古奇觀（見下）序云：『至有宋孝皇以天下養太上。命侍從訪民間故事，日進一回，謂之說話人。而通俗演義，乃始盛行。』是宋時所謂說書者宮禁及民間俱有之也。或曰：『唐段成式酉陽雜俎曰：「予太和末因弟生日，觀雜戲。有市人小說呼扁鵲作褊鵲字上聲。」（續集四貶誤）李商隱驕兒詩云：或謔張飛胡或笑鄧艾吃。亦卽宋時所謂說書者。』則唐時已有之矣。要不若宋之盛耳。

此等講說，有演前代之事者，亦有演當世之事者。孟元老東京夢華錄卷五，謂當時京瓦技藝，有霍四究說三分，尹常賣五代史。此與志林，夷堅志所述，皆演前代之事者也。吳自牧夢粱錄卷二十，謂有王六大夫，於咸淳間，敷衍復華篇及中興名將傳，聽者紛紛。此與七修類稿所述，皆演當代之事者也。夢華錄舉其目曰：小說，曰合生，曰說諢話，曰說三分，曰說五代史。夢粱錄則分爲四家曰小說，一名銀字兒，如煙粉，靈怪，傳奇，公案，朴刀，杆棒，發跡變態之事。曰談經，謂演說佛書。說參講者，謂賓主參禪悟道等事。又有說諢經者。曰講史書，謂講說歷代書史文傳興廢戰爭之事。曰合生，『與起令隨令相似，各占一事也。』灌園耐得翁都城紀勝，亦分說話爲四家曰小說，曰說經說參，曰說史，曰合生。又分小說爲三科：一銀字兒如煙粉靈怪傳奇。一說公案，如搏拳提刀，趕棒及發跡變態之事。一說鐵騎兒，謂士馬金鼓之事。周密武林舊事六則分四家：一演史二說經諢經三小說四說諢話，而無合生。合生者，高承事物紀原九云『唐書武平一傳：平一上書比來妖伎胡人於御坐之前，或言妃主情貌，或刊王公名質，詠歌舞蹈，名曰合生。始自王公，稍及閭巷，今人亦謂之唱題目云云。』則實兼有歌舞。宋元戲曲史謂金院本中有所謂題目院本者，卽唱題目之略也。然則比而觀之，宋時說話，其流有五：(一)說史事者，如三分五代之類是；說本朝中興名將者，亦當屬此。(二)說無稽之事者，是曰小說。又分三類：(甲)煙粉靈怪傳奇。(乙)搏拳刀槍杆棒發跡變態。(丙)士馬金鼓。(三)談經說參亦或雜以諢語，則所謂說諢經，蓋自唐以來，佛教盛行，故其勸懲警戒之言，亦爲人所樂聽也。(四)說諢話，古雜劇之類。(五)則合生也。宋時說話，頗多雜以談唱者。堯山堂外紀云：『杭州瞽女唱古今小說評話，謂之陶眞。』七修類稿云：『閭閻淘眞之本起，亦曰：太祖、太宗、眞宗帝四祖神宗有道君。國初瞿存齋過汴之詩，有陌頭盲女無愁恨，能撥琵琶說趙家，皆指宋也。』案陸務觀詩曰：『斜陽衰柳趙家莊，負鼓盲翁正作場。身後是非誰管得？滿邨聽說蔡中郎。』則雖鄉僻之地，亦有之矣。近人元劇略述云：『金章宗時，有董解元者作西廂搊彈詞，至今仍在。此詞唱時，手彈三絃，故曰搊彈，又曰絃索西廂，亦曰諸調宮詞。』此蓋今彈詞之祖，疑與古合生有關。又有雜以搬演者：一爲傀儡，一爲影戲。宋時傀儡種類最繁，有懸絲傀儡，走線傀儡，杖頭傀儡，藥發傀儡，肉傀儡，水傀儡等。見東京夢華錄，武林舊事，夢粱錄。夢華錄載京瓦伎藝，有影戲，有喬影戲。事物紀原云：『宋朝仁宗時，市人有能談三國事者，或采其說，加緣飾，作影人。始爲魏、吳、蜀三分戰爭之象。』夢粱錄云：『凡傀儡，敷衍煙粉，靈怪，鐵騎，公案，史書，歷代君臣將相故事話本，或講史，或作雜劇，或如崖詞，大抵多虛少實。』又云：『有弄影戲者，元汴京初以素紙彫簇，自後人巧工精，以羊皮彫形，以彩色裝飾，不致損壞。（案此種影戲今日仍有之。）其話本與講史書者頗同，大抵眞假相半，公忠者彫以正貌，奸邪者刻以醜形，蓋亦寓褒貶於其間耳。』此則又與戲劇相出入矣。

說話在當時，雖有上述之分類，然至後世，則統名其書爲小說，蓋其所說，皆以娛情爲主，以文學論，性質實屬同科，故可統以一名也。武林舊事，謂當時說小說者，有所謂雄辯社，則其人亦自有團結。

夢粱錄謂其人有話本，蓋其師師相傳之舊。此等原用爲說話之底本，非以供娛情者之目治，然歲月久而分化，繁遂亦成爲可以閱讀之書矣。此近世白話小說之緣起也。

永樂大典所收平話，今皆不傳。錢曾也是園藏書目卷十，著錄宋人詞話十六種：曰燈花婆婆，曰種瓜張老，曰紫羅蓋頭，曰女報冤，曰風吹轎兒，曰錯斬崔寧，曰小亭兒，曰西湖三塔，曰馮玉梅團圓，曰簡帖和尚，曰李煥王五陳雨，曰小金錢，曰宣和遺事，（四卷。）曰煙粉小說，(四卷)。曰奇聞類記，（十卷。）曰湖海奇聞：（二卷。）其中惟宣和遺事一種，黃丕烈刻入士禮居叢書中。最近繆荃孫避難滬上，聞親串妝奩中有舊鈔本書，類乎平話，假而得之。首行題京本通俗小說第幾卷，凡三册，皆有錢曾圖章，蓋亦也是園所藏，乃刻入煙畫東堂小品中。其書原若干卷不可知，今存者自十卷至十六卷，卷爲一事：曰碾玉觀音，曰菩薩蠻，曰西山一窟鬼，曰志誠張主管，曰拗相公，曰錯斬崔寧，曰馮玉梅團圓。皆敍近事，或采之他說部，爲後來古今小說等所本。尚有金主亮荒淫兩種，以過穢褻未刻，後葉德輝刻之。

宣和遺事，衆皆知爲水滸傳所本。近人中國小說史略云：『書分前後二集，始於稱述堯舜，而終以高宗定都臨安，案年敍述，體裁甚似講史。惟節錄成書，未加融會，故先後文體，致爲參差。灼然可見其剽取之書當有十種。前集先言歷代帝王荒淫之失者其一，蓋猶宋人講史之開篇。次敍王安石變法之禍者其二，亦北宋末士論之常套。次述安石引蔡京入朝，至童貫蔡攸巡邊者其三。首一爲語體，次二爲文言而並雜以詩者。其四則梁山濼聚義本末。其五爲徽宗幸李師師家，曹輔進諫，及張天覺隱去。其六爲道士林靈素進用，及其死葬之異。其七爲臘月預賞元宵，及元宵看燈之盛，皆平話體。後集始自金人來運糧，至京城陷，爲第八種。又自金兵入城，帝后北行受辱，以至高宗定都臨安，爲第九，第十種。卽取南燼紀聞錄及續錄，而小有删節。』案平話之始，大抵綴輯舊聞，裨講演者有所依據。其事實率多取自野史，至如何揑造增飾，以動聽者興味之處，則出於講演者所自爲。（就今日最通行之三國演義觀之，猶可見此等遺迹。三國演義敍事，有極簡質，竟如史書者。惟關羽復歸劉備，及赤壁戰事之前後等，揑造增飾之處最多。蓋講說最多，逐漸增造者也。至此則漸成文學矣。）故但就其底本觀之，頗有足資依據者。（三國演義卽如此。間有一二無據者，頗疑彼實有據，今日書闕有間，吾儕轉無從知之矣。）卽如宣和遺事，謂宋江收方臘有功，封節度使。舊本水滸傳皆同。至金人瑞，始删其七十一回以後，俞萬春作蕩寇志，乃謂宋江等或死或誅。讀者遂多以舊說爲不經。然據近人所撰宣和遺事考證，則宋江平方臘，確有其事。（十朝綱要：『宣和三年六月，辛丑，辛興宗與宋江破賊上苑洞。』北盟會編載童貫別傳謂：『貫將劉延慶、宋江等討方臘。』楊仲良長編紀事本末：『宣和三年四月，戊子，童貫與王稟等分兵四圍包幫源洞，而王渙統領馬公直幷裨將趙明、趙許、宋江次洞後。』）而李師師下場，此書所述，亦較他書爲可信。（李師師外傳云：『金人破汴京，主將欲得李師師，張邦昌蹤迹之以獻，師師折金簪吞之死。』此蓋好事者所臆造，宣和遺事謂『師師嫁作商人婦，不知所終』，又引劉屏山『輦轂繁華事可傷，師師垂老過湖湘。縷衫檀板無顏色，一曲當年動帝王』一絕，謂爲師師所自作。案以此詩爲師師自作雖誤，然屏山之言，必有所據，則師師蓋嫁作商人婦，而流落於湖湘之間，其後事遂不可知也。）則不惟可作文學書讀，抑且有裨考證矣。小說史略謂『文中有呂省元宣和講篇及南儒詠史詩，省元南儒皆元代語，則此書或出於元人，或宋時舊本，而元時又有增益，皆不可知。』案此書今本究成於何時，難斷，然其內容十九必出於宋人，則無疑矣。

宋代話本傳於今者，又有五代史平話，梁、唐、晉、漢、周各二卷。（缺梁、漢下卷。）皆以詩起，以詩結。

今本小說之首尾用詩詞者，蓋沿其體也。又有大唐三藏法師取經記，凡三卷。羅振玉從日本三浦將軍借印宋刋本。日本又有一本，題大唐三藏取經詩話，名異而書實同。此書凡分十七章，今所見小說之分章回者，當以此爲最古矣。章各有詩，故又題詩話也。卷末有一行，曰中瓦子張家印。張家者，宋時臨安書鋪也，中國小說史略云：『元時張家或亦無恙，則此書爲元人撰未可知。』然撰集卽出元人，內容亦必宋代之遺矣。

宋代平話原本，或元刻本，存於今者，具如前述。其爲明人所輯刻者，則有古今小說及三言。此四書今皆存於日本。今據日本鹽谷温所撰明代通俗短篇小說一文，略述其梗概如左。（原文見日本改造雜誌現代支那號。○日本內閣文庫，又有元刋本平話，自武王伐紂書至三國志，凡五十種，惜未知其內容。）

古今小說，爲明代書賈天許齋所刻。其題言曰：『小說如三國、水滸傳，稱巨觀矣。其有一人一事，可資談笑者，猶雜劇之於傳奇，不可偏廢也。本齋購得古今名人演義一百二十種，先以三分之一爲初刻云云。』又有綠天館主人序，謂：『南宋供奉局有說話人，如今說書之流。茂苑野史氏，家藏古今通俗小說甚富。因賈人之請，抽其可嘉惠里耳者，凡四十種，裒爲一刻。』則此書實茂苑野史所藏也。其後版歸藝林衍慶堂。於是有三言之刻。三言者：首曰喻世明言。今本僅二十四篇。其二十一與古今小說同，而三篇出於古今小說之外。（然此三篇又二與恒言重，一與通言重。）亦題增補古今小說。次曰警世通言，刻於天啟甲子。次曰醒世恆言，刻於天啟丁卯。各四十篇。通言有豫章無礙居士序，謂『出平平閣主人手授。』然明言識語曰：『綠天館初刻古今小說十種，見者侈爲奇觀，聞者爭爲擊節。而流傳未廣，閣置可惜。今板歸本坊，重加校訂，刊誤補遺，題曰喻世明言云云。』恒言亦有識語，曰：『本坊重價購求古今通俗演義一百二十種。初刻爲喻世明言，二刻爲警世通言，茲刻爲醒世恒言，并前刻共成完璧。』明此三者，皆天許齋所輯之舊。平平閣主人，蓋校訂之人而非藏書之人也。此書由來，當出茂苑野史，而其纂輯則出馮猶龍。三言遞嬗而爲拍案驚奇及今古奇觀。拍案驚奇有卽空觀主序，謂：『宋元時有小說家一種，語多俚近，意存勸諷。龍子猶所輯喻世諸言，頗存雅道，時著良規。』今古奇觀有松禪老人序，謂墨憨增補平妖，窮工極變，不失本末。至所纂喻世，醒世，警世諸言，舉世態人情之岐，備悲歡離合之致云云。』平妖者，具曰三遂平妖傳，記諸葛遂，馬遂，李遂平王則事。蓋亦宋代講本，馮氏爲之增補者。前有張无咎序云：『吾友龍子猶所補。』而首葉題名，則曰：『馮猶龍先生鑒定。』龍子猶者，馮猶龍之假姓名；墨憨齋則其別號也。猶龍，名夢龍，長州人。崇禎中由貢生選授壽寧知縣。著有春秋衡，春秋別本，春秋大全，智囊，智囊補，古今談概，墨憨齋定本傳奇三種：曰量江記，曰新灌園，曰酒家傭。（中國小說史略云：『有七樂齋詩稿。朱彝尊明詩綜，謂其善爲啟顏之辭，間入打油之調，不得爲詩家。然擅詞曲，有雙雄記傳奇。又刻墨憨齋傳奇定本十種。其中萬事足，風流夢，新灌園皆己作。又嘗勸沈德符以金瓶梅付書坊版行而不果。見野獲編卷二十五。』）三言纂輯，蓋皆出其手。

此三言中，存宋、元人作蓋不少。故古今小說綠天館主人序，拍案驚奇即空觀主序，皆引宋、元故事以爲言。據鹽谷溫所核，則通言，恆言，與系本通俗小說同者甚多。（通言第四卷抝相公飲恨半山堂，同系本通俗小說抝相公。第七卷陳可常端陽遷化，同菩薩蠻。第八卷崔待詔生死寃家，同碾玉觀音。十二卷范鰍童雙僮團圓，同馮玉梅團圓。十四卷一窟鬼癩道人除怪，同西山一窟鬼。十六卷張主管志誠脫奇禍，同志誠張總管。恆言第二十三金海陵縱欲亡身，同金主亮荒淫。而三十三卷十五貫戲言成巧禍，同錯斬崔寧。）即其一證。馮氏殆保存宋代短篇小說之功臣矣。拍案驚奇爲即空觀主所輯。

卽空觀者，淩濛初之別號。濛初，烏程人。字稚成。著有聖門傳詩嫡冢言、詩翼、詩逆國門集等書。此書初刻三十六卷二刻三十九卷，附錄宋公明鬧元宵雜劇一卷。鹽谷溫謂三言及拍案驚奇兩刻，實爲短篇小說五大寶庫，足與長篇之四大奇書三國演義、水滸傳、西游記、金瓶梅對峙云。案宋代短篇小說，存於今，略無改動者，今日所知尚少。就卽徑後人改易，亦仍可想像其原形。更能分別其改易之甚與不甚，互相對勘，尤足見白話小說之朔，與後來之白話小說同異如何，實可考小說進化之迹也。三言及拍案驚奇遞嬗而爲今古奇觀，爲現在極通行之書。鹽谷氏嘗就今古奇觀與三言等重複者，列舉其名。讀者未易得三言等書，取今古奇觀中此諸篇觀之，亦可想見宋代短篇小說之大概也。

今古奇觀三孝廉讓產立高名（恆言二）

兩縣令競義婚孤女（恒言一）

滕大尹鬼斷家私（古今小說十明言三）

裴晉公義還原配（古今小說九明言十三）

杜十娘怒沉百寶箱（通言三十二）

李謫仙醉草嚇蠻書（通言六）

賣油郎獨占花魁（恆言三）

灌園叟晚逢仙女（恆言四）

轉運漢巧遇洞庭紅（拍案驚奇一）

看財奴刁賣冤家主（拍案驚奇三十五）

吳保安棄家贖友（古今小說八明言二十一）

羊角哀舍命全交（古今小說七）

沈小霞相會出師表（古今小說四十）

宋金郎團圓破氈笠（通言二十二）

盧太學詩酒傲公侯（恆言二十九）

李汧公窮邸遇俠客（恆言三十）

蘇小妹三難新郎（恆言十一）

劉元竝雙生貴子（拍案驚奇二十）

俞伯牙摔琴謝知音（通言一）

莊子休鼓盆成大道（通言二）

老門生三世報恩（通言十八）

鈍秀才一朝交泰（通言十七）

蔣興哥重會珍珠衫（古今小說一明言四）

陳御史巧勘金釵鈿（古今小說二明言二）

徐老僕義憤成家（恆言二十五）

蔡小姐忍辱報讎（恆言三十六）

錢秀才錯占鳳凰儔（恆言七）

筆記體文言小說，在古代實用以志瑣事，廣異聞，至唐乃有寓意之作，而仍與前二者相雜，宋代因之，說已見前。然宋小說亦有與唐異者。大抵唐小說崇尚詞采，而不甚借此以說理；其記事，亦不如宋小說之質。此由唐爲駢文盛行之時，宋爲散文盛行之時也。（摹擬唐人之作，文體亦與唐同。如綠珠傳等是。然此等在宋代甚鮮。）清代蒲松齡之聊齋志異，爲唐小說體；紀昀之閱微草堂筆記，則宋小說體也。白話小說體，與通行之水滸傳等同，但描寫不如後來之工耳。

白話小說進化之途有二：（一）則眞實之言愈少，而揑造妝點之言愈增。如五代史平話開端之時，先述歷代興亡大略，語皆眞實。而獨於三國時云：『劉季殺了項羽，立著國號曰漢。只因疑忌功臣，如韓王信，（當作韓信。）彭越，陳豨之徒，皆不免族滅誅夷。這三個功臣，抱屈銜寃，訴於天帝。天帝可憐見三個功臣無辜被戮，令他每三個託生做三個豪傑出來。韓信去曹家託生，做著個曹操。彭越去孫家托生，做著個孫權。陳豨去那宗室家託生，做著個劉備。這三個分了他的天下。』則言甚荒唐矣。蓋由按照眞事實講演，不足動聽者之與故也。此等趨勢，降而彌甚，而小說遂爲滿紙荒唐言矣。然此正小說之所以成爲文學也。二則口語之成分日減，目治之成分日增。小說原於口說，後乃變爲目治之物，前文亦已明之。口舌筆札，勢不能盡相符合。於是專供目治之小說，與備說書人之用之底本，機勢亦日趨變異。如碾玉觀音一篇，欲敍咸安郡王遊春，先舉昔人詩詞十餘首。次乃云：『說話的因甚說這春歸詞？紹興年間，行在有個關西延州延安府人，本身是三鎭節度使，咸安郡王。當時怕春歸去，將帶著許多鈞眷游春。』其初之連舉詩詞，在口說時，蓋兼有吟誦之意味。至於目治，則令人悶損矣。故此等處，後來之小說遂漸少。又過於繁雜或細密之事，口不能敍，因聽者不易明，且易忘也。三國演義於東諸侯討卓時，列舉諸鎭之名。於孔明造木牛流馬，則詳述其製法。蓋以供說書者之參證而已，非逕以此向聽者陳說也。故古代小說中，此等繁雜細密處甚少。然至後世，則漸多，如蕩寇志之奔雷車等是也。此可云小說與民衆相離日遠；亦因小說進化，所苞含者愈廣，述事愈細，而文體益縝密也。小說進化之端甚多，此兩端，爲其犖犖大者。讀宋代小說，可以此觀之。